1

西风·古道

U0127680

江南烟云

皖南古民居

2

小憩

黄山云海

4

虎妞

少女

一线牵

摄影入门

SHEYING RUMEN

第二版

编　　著	由　人	陈晓民	汪安定
图片作者	朱云帆	郑昌疑	杨光华
	李桂开	郭同扬	由　人
	邬润彪		

安徽科学技术出版社

图书在版编目(CIP)数据

摄影入门/由人等编著. —2 版. —合肥:安徽科学技术出版社,2006.1

ISBN 978-7-5337-3344-5

Ⅰ.摄…　Ⅱ.由…　Ⅲ.摄影技术-基本知识

Ⅳ.J41

中国版本图书馆 CIP 数据核字(2005)第 116423 号

摄影入门　　　　　　　　　　　　　　由　人　等编著

出　版　人：黄和平

责任编辑：何宗华　　翟巧燕

封面设计：武　迪

出版发行：安徽科学技术出版社(合肥市政务文化新区圣泉路 1118 号

　　　　　出版传媒广场,邮编：230071)

电　　　话：(0551)3533330

网　　　址：www.ahstp.net

E - mail：yougoubu@sina.com

经　　　销：新华书店

排　　　版：安徽事达科技贸易有限公司

印　　　刷：安徽新华印刷股份有限公司

开　　　本：787×1092　1/16

印　　　张：6.75　　彩页：2 页

字　　　数：160 千

版　　　次：2010 年 1 月第 5 次印刷

定　　　价：16.00 元

(本书如有印装质量问题,影响阅读,请向本社市场营销部调换)

PREFACE
前言

现在，您即将踏上一条轻松、有效的摄影学习之路。

本书通过"手册+技法"的独特的内容设计来展现有关摄影的基本概念，力求以一种简洁而有效的方式，帮助您在较短的时间内掌握摄影的基本理论和操作技巧。

本书介绍摄影理论的文字简洁生动；插图多为日常生活照，将摄影理论运用于生活实践。理论与实践有机的结合，使本书学习起来，既简单轻松，又卓有成效。此外，我们在书中还介绍了不少操作性强的实用摄影技巧，让您能够立竿见影地掌握摄影技能。

本书的内容按摄影操作的实际流程来分类。全书共6章，分别介绍了摄影器材、相机使用、景深运用、摄影构图、光的运用及数码摄影等内容。写作提纲挈领，深入浅出，按摄影理论的知识点、摄影实践的关键点进行编写，集实用性、系统性于一炉，是专为喜爱摄影但又苦于没有大量空闲时间的朋友们准备的摄影入门读物，同时也可作为有一定摄影基础的业余爱好者的参考书。

也许，您没有很多时间可以花在摄影上，但我们深信，有了**本书的指导+勤于练习+您的智慧**，您必定能够成为一名摄影高手！

目　录

第一章　熟悉摄影器材

　　本章对摄影器材做一些知识性的介绍。如果您已经对此有了相当的了解，就跳过不读，有时间了，再来翻翻；如果您还是一位新手，那就认真地阅读一番吧。

　　工欲善其事，必先利其器。成为高手的第一步当然是熟悉并掌握我们的兵器。

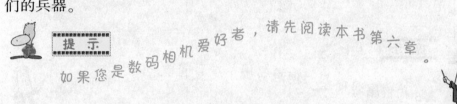

提　示
如果您是数码相机爱好者，请先阅读本书第六章。

第一节　相　　机

　　相机有 135、120、110 等型号之分。同时，相机又可以分为轻便型和传统型。

　　轻便型有禄莱、富士、雅西卡、三星等品牌，一次成像相机和傻瓜相机也都属于轻便型。

　　传统型有尼康、哈苏、玛米亚、美能达、理光、凤凰、海鸥等品牌。

一、135相机

　　135 型相机是使用135 mm感光胶片的相机，底片尺寸为24 mm×36 mm，一般可以拍摄36张。135相机有袖珍型、单镜头反光等多种形式不同的产品。

　　【推荐品牌】尼康、佳能、美能达。

自拍装置

拆镜头装置

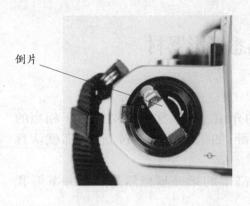

倒片

快门

速度　　　　　过片

提示

135相机属轻便型，便携易用，为普通摄影爱好者所喜爱。

二、120 相机

玛米亚 **RB-67** 型

　　120相机是使用120胶卷的照相机，是拍摄大幅图片的专业用机。普通的摄影爱好者也可以了解了解，至少也可以对相机加深点认识。

　　【推荐品牌】哈苏、富士、海鸥、玛米亚。

相机后背

快门

快门锁定

取景器盖

取景器盒

取景器

 小知识

　　120相机有旁轴取景、单镜头反光、双镜头反光、机背取景等多种形式。底片尺寸为:6 cm×4 cm、6 cm×6 cm、6 cm×8 cm、6 cm×12 cm等。

正确使用快门线

提　示

　　120相机比较笨重,使用时,最好用三脚架,防止相机震动。

三、傻瓜相机

这种相机就不用多介绍了吧。即使你对摄影不甚在行,只要对照使用说明书,几分钟就可以搞定,拍出还过得去的照片。现在已经有了效果接近专业相机的傻瓜相机。

【推荐品牌】美能达、理光、柯达、佳能。

下面就是一款佳能全自动傻瓜相机。

闪光灯

镜头

液晶显示屏　　取景器

快门

镜头控制

调节器

傻瓜相机虽然好用,但要拍出令人满意的照片,也需要很多技巧。

 小知识

傻瓜相机在使用闪光灯进行拍摄时,最好距离拍摄对象1.5～5 m。

第二节　相机主要部件

一、快　门

快门是相机控制曝光时间的重要部件,可以用来控制胶片曝光时间的长短。一般照相机上均刻有快门数码,如T、B、1、2、4、8、15、30、60、125、250、500、1000,等等。它们实际是"秒"的分数:1/15秒、1/30秒、1/60秒……调节快门速度盘上相邻的速度挡,就意味着延长一倍或缩短一半的曝光时间,曝光量也就因此增加或减少。

快门

速度　　　胶卷的度数

如把60调到下一个比它大的数码125,进光量只相当于原来1/60秒的一半;把60调到上一个较小的数码30,进光量却为原来1/60秒的两倍。快门开门、关门的速度,快可达1/1000秒,甚至更快,慢可至1秒或数秒、数分钟,1秒以下的可将速度挡调到为长时间曝光而设计的B门或T门处。

B门:快门调到B门位置时,按住快门键钮,快门就一直打开,直到放开快门键钮,快门才会关闭。B门装置用于长时间曝光,只要不松开快门键钮,可任意长时间曝光。使用B门必须用快门线连接快门钮,摄影者离开机身操纵快门,否则相机会因手按快门而震动,拍出的景物模糊不清。

T门:T门的作用与B门大致相同。不同之处是T门按下快门钮后可松开,快门仍一直打开,若关闭快门,需再按一下快门钮。T门装置不仅适于长时间曝光,更适于多次曝光用。

⏱ 小知识

叶片快门设置在光阑和镜头之间,或在光阑之后。按下释放钮时,其交叠的叶片弹开。而焦平面快门由两块依次开启的金属帘幕挡板组成。

叶片式快门是由在镜头内设置的金属叶片组成。这种快门受构造性能限制,最快速度仅能达到1/500秒。叶片式快门照相机如果更换镜头,更换的镜头必须也具有镜头内叶片快门系统,因此这类镜头较昂贵。但叶片式快门构造的优点是可以用镜头上所标示的任何速度与闪光灯同步配合。

二、取景器

取景器也是照相机的重要部件之一,摄影者可以通过它来观察被摄景物并确定其取舍,确定摄影构图。

取景器

正确取景也是拍摄成功的关键

小知识

取景器的种类很多,按照取景器与成像镜头光学主轴的关系,可分为同轴取景器和旁轴取景器两种。

同轴取景器是取景与成像在同一光学主轴上,单镜头反光式照相机即属此类;旁轴取景器是依靠独立的专用物镜和目镜来完成取景,取景的光学主轴处于成像光学主轴的旁侧,它们之间相互平行,双镜头反光式和光学透镜取景器的照相机即属此类。

三、光　圈

光圈是一组制作在镜头里面可以活动的叶片,可以控制光线在一定时间内进入相机内光量的多少。在拍照的过程中,我们通常都是通过调整"光圈"与"快门"的大小组合,来完成一张相片的曝光。

您在图片上所看到的f/1.4、f/2、f/2.8、f/4、f/5.6、f/8、f/11、f/16、f/22、f/32等数值,是一般相机镜头上常见的光圈值,其中号码越小的光圈(如f/1.4)的进光量会越大,而号码越大的光圈(如f/22)的进光量则越小,所以一般我们在说大光圈时,就是指号数越小的光圈值。这点初学者时常会搞混。

在相邻的两个光圈值之间，都有“一挡”的光量差异，相邻两挡间光量的差距是一倍。

提 示　光圈值最大与最小时成像一般不是最佳的，而由最大光圈值缩小两至三级是该镜头的最佳光圈值。在使用最佳光圈拍照时，成像清晰度是最好的。

小知识

调节邻近的f/光圈数，光圈大小减小或增加一挡。同时，光圈大小还会影响景深。

四、镜　头

任何照相机的镜头功能都一样，使纳入的光线汇聚到胶片上，形成清晰的影像。越是高档的镜头，越能在调整瞬间(1/1000秒甚至1/10000秒)纳入大量光线使胶片充足曝光。

照相机的镜头可以把自然界的景物在感光胶片平面上形成清晰的影像，起到记录和再现真实景物的作用。

一组不同类型的镜头

要充分了解镜头，我们还得了解一点关于焦距的知识。

焦距即焦点距离，是指从镜头中心到胶片上形成清晰影像之间的距离，通用毫米(mm)标示。如人们常说的135相机的标准镜头焦距一般设在50 mm。

镜头的焦距不同，被摄景物在胶片上形成的影像大小也不同。焦距越大，形成的影像越大。焦距越大，镜头筒也就越长，俗称长焦距。

镜头的种类很多。按焦距能否改变，分为定焦镜头和变焦镜头。按相机镜头的焦距进行分类，可分为以下几种。

微距镜头:用于局部特写和比较小的物体,可在拍摄小物体如昆虫等和翻拍等近距离摄影领域使用。

广角镜头:16～35 mm,强调空间广阔感,前景夸张,景深长,适合抓拍类题材。

标准镜头:50 mm,最常用的镜头,与人的视觉所感受的透视关系极为相似,成像质量比一般镜头要好。

中长焦镜头:80～300 mm,可将较远的物体拉近,将较小的物体拍得较大,具空间压缩感,景深浅,机动性强,操作较灵活。

望远镜头:300～2000 mm,体积大,较笨重,机动性差,配合大光圈浅景深,主题相对突出。

卷片装置,可以向右拉开

鱼眼镜头:能拍摄180°视觉的镜头。

五、卷片装置

照相机中,凡是使用成卷软片的,一般都有卷片装置。卷片装置是由机身后背中的轴榫、卷轴和机身上卷片旋钮或摇柄以及计数设备组成的。

小知识

红窗计数式卷片　一部分使用120型胶卷的照相机,后背外壳上开有圆孔式小红窗,每拍一张,转动卷片旋钮或摇柄,感光片即随着移动,从小红窗里可以看到胶卷衬纸上的号码,以此来计数。例如:海鸥203、4B、4C照相机即属此类。

快门联动式卷片　卷片装置与快门开闭装置连接着,每拍一张,快门的弹簧即放松,只有卷片后,快门弹簧重新被拉紧,方可进行下一次拍摄。这种卷片的计数是由计数盘自动记录的,每卷一片即自动停止,不会出现重拍或漏拍的现象,使用十分方便。目前照相机中大多采用这种卷片装置。

全自动式卷片　有一部分照相机装有全自动卷片装置,当按动快门钮,在快门开启之后,曝光的胶片随即自动卷过。全自动卷片分为机械动力和电源动力两种:机械动力是在照相机中装有弹簧发条,上紧发条,以发条为动力,即可连续多次自动卷片;电源动力是在照相机机身下部附加电动马达装置,马达中装有电池,以此为动力,可连续自动卷片。马达电动卷片卷片一次只需半秒钟,每秒可拍摄2张,有的每秒可拍4张。马达电动卷片装置可以连续拍摄,也可以单拍,相机内胶片拍完,能自动停止卷片。全自动卷片的照相机适于拍摄高速运动的物体,可以不失时机地抓取景物有表现力的瞬间动作。

六、自拍装置

现在的相机都有了自拍装置功能,它的作用是不需要摄影者的拍摄情况下,进行自动拍摄。同时,在自拍时会出现闪烁的灯光或声响来提示拍摄者。时间快到时,闪烁频率会加快,声响会提高,来提醒被摄人的注意。

自拍时,不要用较慢的速度进行拍摄,速度过慢,135相机机身震动或人自身的晃动,都会使照出来的照片模糊,一般用1/60秒以上的速度就可以避免这种情况的发生。

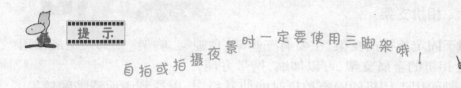

提 示 自拍或拍摄夜景时一定要使用三脚架哦!

七、闪光灯

充足电的电子闪光灯在任何情况下都能发出足够的光量照明被摄对象,使照相机能用较高速度和较小光圈将活动的对象拍摄下来。闪光灯的光量和色温足以达到日光的正常指标,拍出的彩色照片色彩和曝光都较为理想。

闪光灯的长处还在于它能瞬间发出足够的光亮,不至于像白炽聚光灯使被摄者烤得汗流满面。闪光灯的另一个优点是小巧便携,如选购有光敏同步闪光功能的闪光灯或在普通闪光灯上装备光敏同步器,就可以将多个闪光饵任意组合,只须按动相机与主闪光灯快门(也就是快门)、所有闪光灯会同步闪光,完成各种复杂的灯光摄影。

选购闪光灯,最好选用名厂名牌产品,闪光指数(即相应发光亮度)越大越好,闪光一次后第二次充电时间越短越好。目前市面上还有一种环形闪光灯可清除通常闪光摄影时人物后面的黑影。

小知识

ISO感光度及闪光灯指数不同,其闪光有效距离也不同。闪光灯有效距离十分有限,若使用ISO100感光度胶卷拍摄的话,全自动相机的闪光灯比较保险的闪光摄影距离在2～4m,单反135相机闪光灯应根据闪光灯的指数而定,基本可防止闪光摄影失败,过近则曝光过度,过远则曝光不足。

八、闪光联动装置

闪光灯和快门的连接装置，有专用的连接线。

一定要带上闪光灯和闪光灯连接线

在夜间拍摄时，

九、相机支架

用于固定相机的支架，主要有三脚架、独腿架、胸架。三脚架是最常用的固定相机的金属支架，可以伸缩，携带方便。

三脚架用于相机的固定拍摄时能使其稳定，以达到画面清晰的效果。

照相机固定在三脚架上，用连接软线离开机身启动相机快门，可用很慢的快门速度或更长时间进行曝光，即使在极弱的光线下或夜间也能进行成功的拍摄。

选购三脚架原则上以结实、稳固、轻便、工艺讲究为上品。

提示

使用三脚架时一定要架稳、拧紧相机，防止倾倒。
喜欢外出拍摄的朋友，建议购买轻型或微型三脚架。

十、快门线

使用较慢的速度拍摄或用B门长时间曝光时，为防相机晃动就要用到快门线了。在拍摄夜景时，快门线不可或缺。用快门线来启动快门按钮，最好使用三脚架来固定相机，防止相机晃动。

十一、辅助镜头

一般除照相机配有的标准镜头外，其他的镜头都是辅助镜头。如：28~105mm、70~210mm、80~200mm、300~500mm等。

十二、遮光罩

拍摄时，在镜头前安上遮光罩，是为了在阳光下拍摄时除去不必要的光。遮光罩有金属和塑料两种，是逆光、灯光、雨雪天气下拍摄不可缺少的。

遮光罩

不同类型的遮光罩

⏱ **小知识**

　　遮光罩虽然是个不起眼的附件，但有着极重要的作用，它可消除或减弱眩光，使影像有良好的清晰度、色彩和反差，尤其在逆光摄影时更是如此。

十三、胶　卷

　　胶卷，形象地说，就是我们摄影时用的子弹了——其重要性不言而喻。

　　购买胶卷要考虑色温、尺寸、感光度等要求，就日常用途来说，尤其要注意感光度。

　　在室内拍摄，用感光度较高的胶卷，如400度较好，能够以自然光捕捉现场之气氛。即便用闪光灯，也能保证背景有较好的表现，不会黑成一片。在家里、在会议室里拍照，应尽量选用高感光度胶卷。

　　100度、200度的胶卷属中等感光度，可以照顾到室内、室外拍摄及颗粒度等多方面的要求，最常使用。

　　64度或50度等更低感光度的胶卷，具有更细的颗粒，多为专业摄影家选用，用于光线不甚充足的场所则有所不便。

　　【推荐品牌】柯达、富士、柯尼卡、爱克发、乐凯。

⏱ **小知识**

　　胶卷保存时要放在阴凉、干燥、通风的地方，避免高温、潮湿、受压和阳光直射，远离有害气体；如长时间不用，可将胶卷用塑料纸包严并放入冰箱的冷冻室内。用这种方法保存，即使超过有效期几年，其质量也不会发生问题。只是从冷冻室取出的胶卷要在室内常温下放置5～8小时才能使用。

·教你一招· **检验镜头的解像力**

能否拍出好照片关键是看镜头的质量,主要标准是看镜头对图像解析能力的精细程度。

专业人员一般用解像线数图表测量镜头解像力。您不妨用一张印有大小字体的报纸,将报纸平放在2 m远的位置,把照相机固定在三脚架上对准焦距,使报纸上最小的字也清晰可见,然后从最大光圈到最小光圈逐级各拍一张。如果各挡光圈所拍的底片上都很清晰地看出报纸上大小字体精细的影调和线条,那就说明镜头解像力较好。

?释疑篇

1.如何爱护相机?

照相机是精密的光学成像工具,其结构复杂,价格昂贵,且容易受损,我们对它理应爱护有加。

(1)防尘——灰尘进入相机内部后就有可能损坏机身和镜头,缩短使用寿命,给相机的正常使用带来隐患,所以,我们的镜头最好长期加戴UV镜,遇到有灰尘的地方应把相机收起来。

(2)防水——在雨天或海边摄影时,要注意不要让水溅到相机上(特别是海水);在喷泉或瀑布旁边拍摄时,要注意风向,不要让水珠溅落到相机上。

(3)防震——没套相机套的相机,与其他硬物相撞,或者使用者一时失手跌落,都有可能造成损坏。

(4)防蛮力——对照相机的操作要轻柔,不可硬扳强摁,以防日久造成隐性损坏。操作不当甚至会当场损坏。

(5)防火星——拍摄电焊以及节日、婚礼等燃放的礼花和鞭炮时,要注意防止飞蹿的火花飞溅到相机上灼伤镜头、机身。

(6)防潮——如果长期把相机放置于潮湿的环境中,就有可能引起镜头发霉,轻则会造成通光量减少,重则会产生大量霉斑,不能使用(特别是霉斑长在镜头中间时情况会更严重)。况且,过于潮湿还会造成相机内部电子元件的腐蚀。

(7)防暴晒、防高温——现代的照相机一般都带有TTL内测光装置,镜头长时间对着烈日会严重损坏相机的测光系统,造成测光元件老化,测光精度下降。有些高档相机内部还有大量的电子元器件,对着烈日暴晒会使相机的温度急剧升高,造成稳定性和可靠性下降,甚至一时不能使用(但一般不会造成永久性损坏)。

2. 如何保养相机?

不管您是不是经常使用相机,建议最好每半年保养一次。步骤如下:

(1)洗手,取下相机套、电池、底片。

(2)用干净的软毛刷或空气喷嘴清除里外所有的灰尘,切记,镜头部分最好不要随便清理,以免刮坏。清镜头要用专用的软毛刷或是眼镜用的鹿皮、酒精,但酒精不可直接滴在镜头上,而要滴在鹿皮或拭镜纸上再擦(千万别用面纸去擦)。

(3)除镜头外,其他部分可用干净的麂皮来轻擦,去除脏污及指纹。

(4)用庄臣碧丽珠来做最后的"外壳"美化,很薄一层即可,然后再拿干净的布擦擦,即可保持亮丽。(您可自己斟酌,别因此反而弄得到处都油油的,镜头又脏了。)

(5)准备有封口的那种透明塑料袋(有拉链的那种,以完全阻隔空气流入),放入相机,再放入一个除湿剂(糕饼盒中常有,但注意是除湿剂还是除氧剂,别用错了),再放入一张白纸(写上保养日期),按压袋子让袋内空气减少即可封口。

3. 如何收藏相机?

当相机保养好后,还要妥善收藏!

(1)有电子防潮箱最好。只要清洁好,相机没有明显水分在上面,不用塑胶袋就可以直接放进去了。

(2)相机套及相机要分开收藏。如果相机还套在套子里就收起来,时间一久你会发现不透气的地方居然长出霉花了。等到霉花"霉满天下",那就麻烦了。

(3)放在阴凉不潮湿的地方即可。

这样你的相机用个一二十年都可能没问题。

4. 什么是负片、正片、反转片?

摄影所用的胶片,有负片、正片、反转片之分。

负片是一种负性感光材料,经过拍摄和冲洗之后,得到明暗关系与原被摄体相反的透明影像。被摄体最亮的部位,在负片上最不透明;被摄体最暗的部位,在负片上最透明。如果是彩色负片,底片上的明暗关系不仅与原景物相反,色彩也不一样,表现为原被摄体的补色。用负片拍摄的底片,需要经过再一次印相或放大,或者经过数字化处理,才能获得与被摄体明暗一致的影像。

相纸和正性的透明胶片都是正片。它经过与负片印相或放大,可得

到具有正性影像的透明片,一些大型的灯箱广告,就由彩色正片放大制作而成。彩色正片不能用来直接拍摄;黑白正片除用于翻拍黑白原稿外,不宜拍摄人像和风景等。

反转片的性质与负片、正片不同。它完全可以用来直接拍摄,经过特殊的显影,能够直接获得与被摄体明暗相同、色彩相同(指彩色反转片)的透明影像。影像清晰度好,色彩饱和度高,细部层次丰富,适合制版印刷或直接观赏。使用特制的反转放大纸,也可以把反转片拍摄成的影像放大制作成照片。

反转片和正片是两种完全不同的胶片,有人把反转片称作正片,是不正确的。

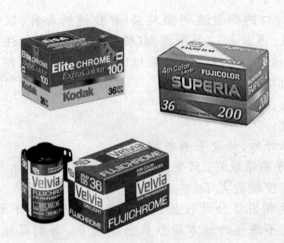

第二章 使用相机

现在，你应该对相机有了初步的了解了，下面就跟我们一招一式地学习如何正确使用照相机吧。

提 示

不同相机使用时会略有差别，因此，使用之前，你还必须仔细阅读该机的使用说明书，熟悉了手中的相机之后，再跟着我们学习如何使用相机。

正确地使用相机不但是拍出好照片的前提，也是爱护相机、延长相机使用寿命的重要保证。

第一节 安装和取出胶卷

一、装片与过片

拉开后盖，将胶卷装入，将片头插入右边卷片轴缝内，保证胶卷上下齿孔都进入卷片转动齿轮中，合盖后过片，看胶卷轴是否跟着转动，过片至计数器显示"1"。

安装胶卷要在阴暗处,避免强光,以防不测。装片时引片部分一定要插入卷片轴中,然后开始转动卷片柄过片,此时一定要看清胶片上下齿都卡进转轮齿牙中后,才可关上机身后盖。

 提示 装胶卷等工序虽然很简单,却大意不得。即使是专业人员,也不时会因装片、过片不慎而大意失荆州,拍了半天白白浪费情绪。如果因为这种小的疏忽,导致一些重要的、精彩的时刻未能被记录下来,肯定让人懊悔不已。

随后转过的片头的前一两张容易漏光,不能作正式拍摄用,第三、四张才可正式拍摄。如过片时感觉拨动卷轴柄很轻,可能是因为卷轴空转而胶片未被带动着过片。这种情况一定要留神,看到左边倒片装置的轴心是否过片时跟着转动,如不转动,说明胶卷未装好,就必须重新安装胶卷。

正常情况下,135 mm胶卷一卷可拍36张,有时可拍37或38张,拍到接近尾声时,过片要轻缓,忌用力猛扳猛转,以免将胶片拉出暗盒而无法倒片。一旦出现此情况,只好借助暗袋了。而进口彩卷的暗盒一般很难打开,导致不得不将脱盒的胶卷重新插回暗盒中,那将是件十分扫兴的事。

二、倒 片

过片时一旦感觉胶卷再也拉不动了,正数字已到36(或24)张左右,说明已拍完一卷,则可开始将胶卷倒回暗盒。倒片时动作要轻柔缓慢,听到轻微的胶卷脱钩声时,倒片柄会因无控力突然变轻,即可打开机背盖,取出胶卷。

如果一卷尚未拍完,想取出胶卷,倒片时就要更加小心,避免用力过猛或由于注意力不集中而将胶卷导片头也转进暗盒。万一出现这种情况,可用一硬纸条贴上一小块双面胶纸,小心地插入暗盒孔中,粘住导片头,轻轻将片头拉出即可。市场上现在可买到拉片器,但并不太好用。中途不照的胶卷一定要记下已拍过的张数,下次再拍时从该数字起让出一两张再接着拍,以免重叠。

提 示　　有人在暗室或暗袋中装片,每卷片头可多拍三张。此法自然节约胶卷,但如不熟练,反弄巧成拙,造成卡片故障,结果是"省着省着,窟窿等着"。建议初学者还是不要使用这些方法。

第二节　拍摄的姿势

要拍摄一张清晰的照片,使用三脚架是最好的选择了,不过就像我们之前提到的,在许多场合及状况下,使用手持拍摄的概率还是最高的,所以,拍摄者掌握良好的拍摄姿势,是拍好照片的一个重要的前题。手持相机最重要的是稳定。端机的姿势正确,相机的稳定性高,有利于拍出好照片;端机的姿势不正确,相机的稳定性差,容易造成相片的影像模糊。具体持机方法因人而异,尚无定规,以方便迅捷为佳。在不影响拍摄的前提下,你就尽可能地摆出"酷"的姿势吧!

一、立式持机动作

站着拍照是大家最常遇到的情况,在下面左边的图的示范中,拍照时使用左手来支撑机身和镜头的重量,而右手则负责稳定机身和按下快门的动作。尽量避免使用右手来分担相机的重量,这样在按快门时,可以

正确姿势

错误姿势

减少无谓的晃动。而右图中的错误姿势,则很难让相机在拍照时保持稳定。

双手及双肩自然下垂,不要拱肩或耸肩;双腿微张,让重心很平稳地分配到两只脚上。前后弓的脚步也很适合机动性的拍摄,只是不要把双腿并得紧紧的,像是立正一样就行了。

横画面取景时,左手调节相机及镜头,右手按快门。

竖画面取景时或以左手在下托机,右手在上按快门,或改右手在下既托机又按快门,左手仅扶住镜头起稳定作用。

另外,最好养成将双臂往身体靠拢的习惯。因为如果习惯性地将双臂张开,就没办法靠腋下的身体来分担相机的重量,这时负担会全部转移到肩膀跟手臂的关节上,这样拍不了多久就会胳膊酸痛,不容易拍出稳定的照片。

二、跪姿持机动作

跪姿拍摄上半身的姿势跟立姿所掌握的要点一样,下半身则是双腿张开、右膝着

跪姿拍摄

地、左膝抬起的高跪姿。抬起左膝的原因是可以利用膝盖来支撑托起机身的左手,此时左手便像个单脚架一样,可以用来辅助稳定。右脚、右膝着地,将臀部坐在脚跟上,让身体成为一个很稳定的环境,这样的拍照姿势对提高我们拍照的稳定度有很大的帮助。

🕐 小知识

对很多人来说,背带可能只有挂在肩膀或是脖子上的作用而已。其实背带是一个很有用的工具,左手在握住机身前,像右图一样将带子在手臂上缠两圈,再用力扯紧,这样可以让您的相机和左手合为一体,减少因支撑所产生的晃动,另外它也可以保护相机,即使发生碰撞,也不会从你的手中摔落。

 提示

快门速度在1/30秒及以下必须使用三脚架固定相机,以防震动。如无三脚架、快门线之类,可将身体及手臂依托在能稳定照相机的墙壁、窗台、桌面、树干、石头等物体上,或采用"一腿跪地,一腿屈膝"的姿势将持机手臂依托在膝盖上,也可减少震动。

普通型照相机及简易型或非单镜头反光式的傻瓜相机,取景窗与镜头无关,因此握机时手指万一挡住镜头,从取景窗中却看不出来,甚至镜头盖没取下来也看不出来,这点初学者务必注意。

越是轻型照相机按快门时越易震动,按快门时一定要保持相机稳定,方法是自然闭气,匀速轻按快门钮。

提示

呼吸、心跳、手微颤等任何微小晃动都会使影像不实,所以要注意

⏱ **小知识**

有人说,拍摄按快门时,要配合停止呼吸。我们觉得不必太过强求,不如把心思放在你要拍摄的对象上,感觉时机一到,按下快门就行了。如果你可以憋着呼吸拍照,不妨试试。

想拍清晰的照片,拍照时手千万别晃动,除非你握力不错,别单手按下快门键。无论如何,按下快门的时候一定不能乱动喔!

如果担心单手不够稳定,记得用双手握住相机,或是找个支撑物,按快门的瞬间绝不可以乱动。

左边的小花瓶模糊不清,如果你拍成这样,那肯定是你的相机晃动了,或是在移动的车上拍的。

双手握紧相机,拍摄出来的可爱的小花瓶是不是就清楚多了?

提　示　　如果你不得不在移动的车上拍摄或是拍摄较远的风景的话,可使用较快的快门,尽可能地降低模糊程度。

第三节　拍摄过程

一、测　光

根据拍摄时的需要，我们调节光圈的大小和快门的速度，可以得到适当的曝光量。配合好光圈的强弱和快门的速度，能得到层次丰富、细节清晰的照片。

要根据拍摄主题的需要决定光圈/快门值。在按快门之前，要选择是"光圈优先"还是"速度优先"。

例如：要拍人物为主题、背景模糊的照片时，我们就要选择大光圈(如将光圈定在f/2.8)。决定光圈值之后，开始测光，采用调整快门的数值的方式，来完成测光动作。这是"光圈优先"。

例如：我们要将喷泉拍成像是一条银白色的丝缎一样，这时我们就要选择好慢速快门(如把快门定在1/4秒)，决定快门值之后，开始转动光圈值来配合测光。这是"快门优先"。

依我们需要拍摄的主题来决定采用"光圈优先"或是"快门优先"，再变动另一个数值来组合成测光的动作。

二、取　景

从取景窗观察到的景物，是通过同一个镜头反射的，所看到的清晰的景物与将要在胶片上成像的景物是一样的，但必须经过调节让景物位于镜头的焦点上(有裂变和错位两种形式的调节效果，可依照相机说明书运用)，才能清楚成像。

三、对　焦

对焦，又称调焦、聚焦，是调节镜头到胶片的距离，以在胶片上形成

清晰的影像。它是保证成像清晰的一个重要环节,对一幅摄影作品的完成起着极其重要的作用。

现在虽然全自动聚焦相机面世了,但手动聚焦仍是最常用的方法。

 小知识

手动聚焦方式主要有:磨砂玻璃式、裂像式、微棱镜式、重影式、图标式等。

下面介绍常见的裂像式聚焦方式。

裂像式聚焦方式指的是当焦距调节不准确时,在聚焦屏内的影像部分是裂开的;当聚焦完成或把裂开的影像调整为完整的影像后,说明焦点调整准确了。这种方式的外观是在聚焦屏的中央有一个小圆圈,圈内有一平分小圆的直线。当小圆内两个半圆把被摄物聚焦部分影像上下裂开时,表示聚焦不准;当两个半圆内的影像上下形成一体时,表示聚焦完成。

一般的手动聚焦的相机,调焦环都在镜头上,大致可分为单环式和双环式。单环式镜头指变焦、调焦都由一个旋转环来完成,转环推拉可以变换焦距,转环转动可以调实焦点。使用起来比较简单,不足之处是俯拍或仰拍时,转环易滑动,有可能造成焦点的偏移。双环式镜头的变焦、调焦是由两个转环分别完成的,因此不会出现俯拍、仰拍时焦点偏移的情况,只是因为调焦和变焦分别由两个动作完成,使用起来稍稍麻烦一些。

对焦在每一幅摄影作品中有两重含意:一是指焦点的选择;二是指调焦的准确。前者侧重思想的表达,即你的视觉中心在哪里,你所要表达的是什么;后者则是摄影者技术与经验的体现。因此,熟练地掌握对焦技巧是拍出好照片的保证。

四、拍 摄

上面的程序都做好了,就按下快门吧。不过一定要用力适中,保持相机平稳。

总之,拍好一张照片的基本要求是:

● 持机平直不歪斜

● 拍摄稳当防震动

● 测距准确

● 快门速度与光圈配合恰当,使曝光正确

● 注意检查镜头是否被物体遮挡,如镜头盖、相机皮套等

● 必要时戴上遮光罩

● 注意构图和用光

教你一招

前文详细地说明了相机的基本使用方法,但作为初学者还必须注意以下事项:

(1)胶卷暗处装 装胶卷时,应避免阳光的直接照射,容易造成漏光,应到室内或有阴影的地方进行。还应确认所用胶卷的感光度ISO与机身所标是否相同,尤其是电子相机更需注意此点。

(2)拍前要准备 两手持稳相机,两脚稍分开,把相机紧靠眼睛。这种姿势,方便你充分准备后拍摄。

(3)取景要注意 相机取景窗中所看到的画面,是你将拍摄的区域。小型袖珍相机取景窗中,一般都有用来拍摄实际画面的格式标记。应了解它,并集中注意力,将所需拍摄的画面装入格式标记内。

(4)快门轻轻按 拍摄时用指尖轻轻按下相机快门钮,并立即松开。如果按快门钮时用力过大,会使机身抖动,致使照片模糊不清。

(5)适当多抓拍 一般情况下,人们都喜欢在相机前故意摆出各种姿态,这样拍出来的照片,难免会出现一种不太自然的表情。为了拍出被摄对象更自然的一面,可采用抓拍的方法。

(6)往前近一步 拍摄人像,重要的是拍摄人物的面部表情。由于相

片上出现的人像一般比你所希望的要小,使得人物面部的细致表情无法清楚地在照片上表现出来,所以应走近一些,使照片中的人物更突出。

(7)寻找好角度　从不同的拍摄角度上观看,人物的面部表情的变化是非常显著的。不要总是从正面拍摄,应多在各个方向走动,寻找出一个可以拍摄出人物面部表情的最佳的角度。

　　拍摄儿童成长记录照片时,切不要让他们在相机前摆出一副拍照姿态,应使用抓拍方法,捉住儿童天真活泼的率直个性,拍摄他们的本色生活。

　　对于一个镜头,不要只拍一次,而应多拍几幅,这样就容易拍摄到意想不到的那种表情,得到你所希望的照片。

?释疑篇

1. 怎样做到准确对焦?

　　我们有时会遇到这样尴尬的现象:一张底片在制成小照片时,主体相当清晰,而放大成大幅照片时,照片上的清晰部位却落在主体之外,主体呈模糊状。这种现象的产生往往是拍摄时对焦不准确所致。在使用像135这类小片幅相机时做到对焦准确尤为重要。一般要做到准确对焦必须注意以下两点:

　　(1)尽可能使用高倍对焦目镜,高倍放大拍摄的影像对准确对焦有极大的帮助。

　　(2)使用广角镜头时尤需仔细对焦,千万别以为广角镜头的景深大而马马虎虎对焦。事实上,准确对焦在使用远摄镜头时是很容易做到的,而在使用广角镜头时却往往较难。

2. 持握照相机要养成哪些好习惯?

　　首先,在拍摄取景时,不论要拍摄的画面是横向的还是纵向的,都必须要使取景器边框的底边和地平线平行,否则,拍摄出来的房子、树木、人物就像要倒的样子。

　　另外,使用相机拍摄时,要用双手把握相机。以横握相机为例,一般是用左手心托住相机,左手大拇指和食指调焦,右手食指按压快门。尽量

使相机处于静止状态,按压快门时,要屏住呼吸,动作要轻。若用力过猛,相机可能受到震动,胶片上记录下来的影像就可能模糊。可将肘部夹紧身体,或将相机放在坚固稳定的物体上,如三脚架上、膝盖上,也可以靠在柱子、墙壁上,尤其在使用快门速度比较低时,最好找一个支撑点,否则,很难得到清晰的结果。

使用三脚架时,千万不可大意的是,便携式三脚架上放置了相机之后,往往头重脚轻。遇有刮风时,有翻倒的可能;人走过时,有可能被绊。因此,应做到人不离相机。从三脚架附近经过的车辆等有比较大的震动时,也会使影像不清晰,这一点要予以注意。

再有,不要用手握住变焦镜头,因为变焦时镜头要前后移动。手指和头发以及相机背带等物不要触及镜头、自动调焦窗口、传感器窗口、闪光灯等,也不能挡在这些部件前面,因为这样会使照片的某一部分因被遮挡,而无法记录影像,也会弄脏镜头,从而影响照片上影像的清晰度。

独脚架 —————

————— 三脚架

第三章 运用景深

上面就是一张运用景深技巧拍的照片,它有个显著的特点,就是画面中作为主体的山峰十分清晰,然而其他部分却比较模糊,呈现出一种特殊的效果。

对于初学者来说,景深往往是最难掌握的一个概念。不过不用担心,对于理论我们可以先作一般了解,然后在实践中再加以认识、理解和运用。

第一节 景 深

一、景深概念

通俗地说,景深就是在所调焦点前后延伸出来的"可接受的清晰区域"。根据这一定义,景深即为拍摄于底片上为人眼所能够接受的纵向景物清晰范围。

比如上面这张风光片,画面主体最清晰的是山峰,假设这座山峰距离镜头是500 m,投射到胶片上的成像从山峰前面200 m(距镜头处300 m)

到山峰后面400 m的景物都很清晰,那么,此时拍摄所选用光圈的景深就是距离镜头300 m至900 m,近于300 m或远于900 m都在景深之外而变得不太清晰了。

再看看下面这张照片,你也许希望给你的家人或朋友拍一张面部特写,你打算对他(她)脸上的什么部位聚焦呢?

有经验的摄影者都知道应把焦点放在眼睛上。为什么?因为眼睛是心灵的窗口,眼睛是最会说话、最会传神的。

照片冲印放大后,你就会发现,在照片上他(她)的眼睛就是最清晰的,而他(她)的鼻尖、耳朵的清晰度均有所下降,但还是可以接受的。眼睛清晰的面部特写,想必大家都会满意。

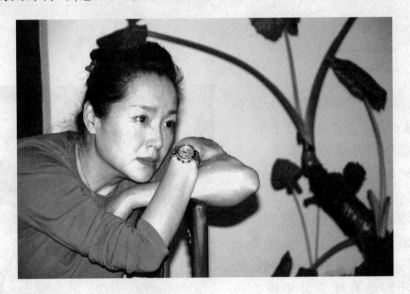

提 示

大光圈、小景深适宜拍人像或背景简练的照片;小光圈、大景深宜用于拍风光或广告静物,以求得到处处清晰的画面。

看了上面的两个例子,你应该对景深有了一个模糊的印象。模糊就模糊,不求其解也没什么大不了,暂时放在一边,往下看吧。

二、影响景深的四大因素

1. 镜 头

焦距长的镜头,景深短;焦距短,景深长(俗话说:镜头长,景深短;镜头短,景深长)。

2. 光　圈

光圈大,景深短;光圈小,景深长。

3. 摄　距

摄距大,景深大;摄距小,景深小。

4. 焦　距

焦距越长,景深越小;焦距越短,景深越大。光圈和焦距的不同,会产生不同的景深。

景深对照表

影响景深的因素		景深
镜　头	长	短
	短	长
光　圈	大	短
	小	长
摄　距	大	大
	小	小
焦　距	长	小
	短	大

提　示

一般的照相机镜头上都刻有"景深表"。查对的方法是,转动调焦环对被摄物体聚焦,在景深表的两组相对数字的标记中,即可以找到所用的光圈值,与这组光圈相对应的距离范围就是该画面中的景深。另外,还有一些相机本身设有景深预测钮,按下该钮即可在取景屏中观察到画面的景深范围。

三、改变景深

1. 光圈大小的改变

通过相同焦距的镜头对相同距离的被摄体聚焦,感受光圈大小的调整是如何改变景深的。一般来说,被摄体的前景深扩大1/3,后景深则扩大2/3。光圈越小,景深越大。f/2光圈的景深远远小于f/16光圈的景深。

2. 物距的改变

即使采用同样的焦距和光圈,景深在一定程度上也受制于被摄体至照相机的距离。被摄体距照相机越近,景深就越小。镜头对4.5 m处聚焦所产生的景深比镜头对1.5 m处聚焦所产生的景深要大得多。

3. 镜头的改变

在相同物距和光圈的情况下,使用不同焦距的镜头可改变景深,镜头焦距越短,景深越大。对于超广角镜头(8~15 mm),景深非常大,以致无须调焦,因为每一级光圈的景深都是清晰的。

第二节 景深运用

掌握了景深的变化规律,控制景深则易如反掌,例如在拍摄人物照片时,可使用大光圈、长焦距镜头,近距离拍摄,以缩小景深、突出主体;在拍摄风景照片时,应尽量使用较小的光圈,并将焦点置于无限远处,以求较大的景深范围。下面让我们实践一下。

一、拍摄人物写真

我们一般用大光圈、长焦距,并且尽可能远离人物,这样一来可以获得比较小的景深,淡化背景,突出主题。用长焦拍摄不仅可以缩小景深,还可以与被摄者保持距离,消除他(她)的紧张感。

例如,下面这张照片拍于安徽省泾县农村,画中两位老战友的笑容如孩童般的天真、亲切、自然,从中透露出一种完全发自内心的喜悦。这样的笑容,你可别指望朴实的他们对着近距离的镜头给你"表演"出来。

同样,下图中的一对老外的笑容特别自然而有魅力。如果他们不是演技高超的明星的话,我们就只能感谢那位摄影者给我们记录下了这迷人的一瞬。

二、拍摄人物旅游纪念照

应该使用尽可能小的光圈,至于焦距就根据具体情况而定了,这样不仅可以拍出主人公,还可以清晰地再现风景,谁也不想让拍出来的旅游纪念照只有人是清楚的,而背景却一团糟。

三、花卉拍摄

一般拍摄花卉涉及应用微距模式了,这里需要克服两个主要的技术问题:一是当镜头非常接近物体的时候产生景深不足;二是近距离拍摄时光线造成的阴影现象。图中这朵小花,和镜头距离为1 m,光圈值为f/5.6,快门速度为1/125秒,景深很小,背景被完全淡化了,主题特别明显。

教你一招 运用景深拍摄高速运动的物体

拍摄高速运动的物体时,准确测焦有困难,一般多利用景深。当确定拍摄位置,要根据光线情况选取适当的光圈和快门数字,然后查景深表,找出使用光圈所对应的景深范围。当景深不敷应用时,可用缩小光圈、换用短焦距镜头或拉远拍摄距离的办法来增长景深。拍摄时,只要把运动的物体控制在景深范围内,就可以不再对焦。另外,利用超焦距,把预定光圈对在最近清晰点上,可以获得更大的景深。

要善于抓取运动中最典型的瞬间,这一瞬间最富于动感,且又能概括运动过程的来龙去脉。要抓取到这一瞬间,不只要求准确地判断,还需要熟练的技术。因为相机的快门从手接触到打开,要有一个短暂的过程,如果不估计到这一因素的影响,很容易错过拍摄良机,所以拍摄时可采用下面两种方法:

(1)在准备拍摄时,事先把快门钮按在即将打开的极限处,这样可保证当瞬间出现时,手一按,快门就立即打开。

(2)在瞬间高潮到来前,稍提前按动快门,这样能保证快门全打开时,瞬间高潮恰好到来。这种拍摄方法要求事先摸清物体的运动规律,准确判断。

?释疑篇

1. 怎样理解和运用最小景深与最大景深?

对景深的控制是摄影的主要技术之一。运用这种控制,我们可以缩小景深,仅仅清晰地突出表现重要的物体;我们也可以扩大景深,使所有的被摄体在正面都清晰地展现,表现出它们的每一处细节。尽可能采用最小景深或最大景深的调节,来增强上述效果。这也是对景深的两种最主要的运用。

●获取最小景深

在一幅照片上,小景深效果能使环境模糊、主体清晰,这是突出主体的有效方法之一。景深越小,这种环境模糊也就越强烈,主体也就更突出。摄影上又称这种小景深技术为"选择性聚焦"。景深越小,聚焦的选择性也就越强烈。

在拍摄中,欲取最小景深的最简单的方法是使用最大光圈。如果由于光线太亮,使用最大光圈配合相机上的最快速度,曝光仍然过度的话,解决的方法之一是使用"灰色滤镜",方法之二是换用片速低一些的胶卷。除了使用最大光圈外,缩短摄距和换用焦距更长的镜头也能减小景

深,但要注意摄距太近会使前后景物的透视过于强烈而导致失真感。

在不影响构图效果的前提下,采用"最大光圈+尽可能缩短的摄距+长焦距镜头"能获取最小景深的效果。

●获取最大景深

要想使所有的被摄景物在画面上都能较为清晰地体现,则需要尽可能大的景深,景深越大,被摄景物的清晰度也就越高。欲取最大景深的最简易的方法就是缩小光圈,尽可能使用相机上的最小光圈。如果光线太暗,使用最小光圈,相应的快门速度太慢,以至无法手持相机拍摄时,解决的方法之一是使用三脚架或类似的支撑物,方法之二是换用片速更高的胶卷。对于室内的拍摄,也可增强照明。

除了缩小光圈可增大景深外,增大摄距或换用焦距更短的镜头也能增大景深。但是注意增大摄距时,成像也相应减小,换用短焦距镜头时,视角也相应扩大了。

在不影响构图效果的前提下,采用"最小光圈+最短焦距镜头+超焦距聚焦"能获取最大景深效果。

●景深表与景深计算公式

在拍摄实践中,当需要了解具体的景深范围时,可以查看相机上或书本上的景深表,也可自行计算出你实际拍摄时的景深范围。

2. 怎样阅读相机上的景深表?

大部分相机上都有简易的景深表可供查看景深范围。相机上景深表的位置有的在镜头筒上,位于镜头上光圈刻度与距离刻度之间,采用对称的光圈系数如"16、11……11、16"指出每一光圈在某种摄距时的景深,如用f/16拍摄,这种景深表上两个对称的f/16标记所指向的距离刻度,一个指景深的远界限,另一个指景深的近界限。相机上的景深表有的位于相机的聚焦钮上,通常采用一组"U"字形的线条,用"U"字的两端在距离刻度上指出景深范围。

相机上的这种景深表只能作为了解景深范围的一种参考,这是因为除了在相机上无法作出精确标度的客观原因外,厂家制定这种景深表的清晰度标准也有一定的随意性,更重要的还在于厂家并不了解你对不同照片的清晰度要求,也不了解你准备放大为多大尺寸的照片。因此,当你要求高清晰度影像时,或要高倍率放大时,就应该比实际使用的光圈大一两挡来掌握景深范围。如拍摄用f/11,就按f/8或f/5.6的景深掌握;反过来,当你需要相机上f/11所指示的景深范围时,就用f/16或f/22拍摄。这样才能在高倍率放大的照片上达到预期的景深效果,或者说能提高你的景深范围内的影像清晰度。

第四章　摄影构图

　　这两张相片拍得同样清楚，但左图给人的感觉很美，右图却平淡无奇，这是为什么？

　　构图就是其中一个重要的原因。要拍出好相片，首先要构图好。

　　什么叫构图?就是由您自己安排您的画面。摄影与绘画不同,画家可以凭主观意愿在画面上删减、添加景物,或移动、变换景物,摄影者却无法做到。一旦按下快门,取景框范围内包括的全部景物尽收底片。摄影构图的特殊含义就是:摄影者只能在画面中对被摄客观景物进行视觉上的主观安排和布局,这些安排、布局、设计等一系列思考过程需要苦心经营,把将要拍摄进来的画面经营得尽善尽美。

　　构图还需讲究艺术技巧和表现手段,构图属于立形的重要一环,但必须建立在立意的基础上。一幅作品的构图,凝聚着作者的匠心与安排的技巧,体现着作者表现主题的意图与具体方法,因此,它是作者艺术水平的具体反映。

 小知识

　　构图一词是英语中composition的翻译,为造型艺术的术语。它的含义是:根据题材和主题思想的要求,把要表现的形象适当地组织起来,构成协调的完整的画面。

可能有人会说,摄影构图主要靠摄影者自己的匠心独运,关于构图的知识了解得太多,反而会束缚自己。其实,对初学者来说,了解这些知识是非常重要的。这些知识是前人经验的总结,我们完全可以直接拿来运用,使自己一开始就站在一个较高的起点上,这肯定要比自己慢慢摸索的效率高得多。

当然,这只是打下基础的第一步,在熟练以后,你大可以打破常规,拍出令人刮目相看的作品。

第一节　画面格式

由于照片画面边长不同,所以画面格式也不同。根据内容决定横式、竖式、正面式构图。

一、横式构图

手横向拿起相机所拍摄出来的照片就是横式构图。一般用于拍摄风光、会场、人物、花卉等。

二、竖式构图

把相机竖起来，这样所拍摄的照片就是竖式构图。竖式构图适合表现高大雄伟。

三、正面构图

被摄物正面对着相机，能产生正面效果。在这种构图中，被摄物居画面中心位置，具有吸引力。如人物、建筑等。

第二节 构图法则

要想拥有好的画面构图,就得多学、多练,学会见景生情和随机应变。应当熟记构图法则,同时在摄影中打破常规,用反常规的构图拍摄大千世界。

一、主题要突出

好的照片主题突出,不会因主题不明而产生任何误解,并不需要了解照片的背景,就能够理解它的主题思想。

摄影者通过自己的思考,把构思中的典型化的人或物突出出来,使其更完美,更强烈,更有艺术效果,把一切烦琐、不必要的东西排除在外,确保画面主题的突出。

下面的这副照片,你第一眼就看到了什么?当然是身着节日新衣、满脸幸福笑容的儿童,摄影者所要揭示的主题也就在于此了——快乐!

提 示

在拍摄前你应考虑以下几点：

(1)表达什么主题；

(2)主体应放何处；

(3)用哪个方向的光线；

(4)用横式还是用竖式构图；

(5)画面一定要简化。

以上几点看似简单，但只要做好了，你就已经成功一半，一幅好的作品在你手中呼之欲出了。

二、布局要均衡

一幅好作品一般应是稳定的、均衡的，具有美感。为保证画面的整体均衡，我们应注意以下几点：

(1)物体在画面中的位置，适当的构图对比，使画面中的主题突出。

(2)陪体在画面中起烘托主题的作用，在画面内帮助说明主题内容，美化画面，使画面富有生活气息。

(3)画面平衡：是指照片上下左右的景物，景物和空间的各个方面的对比处理，给人以均衡、稳定的感觉。

三、画面要完整

一幅好的作品是一段故事，是一本书，一看就一目了然。这就要求摄影者在摄影过程中对画面的完整性千万不要乱"＋"乱"－"，一切的构图要以突出主题为主。取景时留的多了，看上去就乱了，主题也就不突出。而取景时过于特写，就会给观众有一种"缺少了什么"似的感觉，好像一只椅子少了一半，你看了又会有什么感受。所以说：画面的完整，就应从构图时考虑，不要靠标题和文字表达，而是用照片本身来述说一个故事。

下图中就只有爷孙俩，但天伦之乐、幸福之情已经溢于言表！

四、形式要生动

一切可拍摄的物体,采用不同的构图,给人的感觉就不同。一幅优秀的作品,画面要求鲜明、生动、活跃,既要有深刻的内容,又要有美的艺术形式;既要有虚与实的对比,又要有大与小、疏与密的对比。

下面两张照片哪个更生动,你应该一眼就可以看出来。因此,在摄影中,如果要求生动,我们应该向第一张照片靠拢。

第三节　摄影构图方法

摄影构图方法是多种多样的,最基本的有以下几种,你可以只作一些大体上的了解,并在拍摄过程中运用,在熟练的基础上再加上自己的创新。

一、黄金分割法

又称黄金规律。它就是在一条线段上取一点把这条线段分成两段,使其中短线段和长线段的比等于长线段和全线段的比。这个比例大约为0.618,这个点被看做是完美的点。例如,主持人如果站在舞台的黄金分割点上,那么在台下无论坐在哪个位置上的观众都会感觉比较舒服。

根据这个规律,仔细看一下下面的这张图片吧。

二、三分之一法

又称"九宫格"和"构图黄金点"。就是在画面横、竖各画两条与边平行、等分的直线,将画面分成9个相等的方块,直线和横线相交的4个点,称"黄金分割点"。根据经验,将主体景物安排在黄金分割点附近,能更好地发挥主体在景物画面上的组织作用,有利于周围景物的协调和联系,容易产生美感。

三、画面平衡法

就是画面上各个部分景物和空间的统一。给人以均衡稳定的视觉感受。一种是天平式平衡,严格地对称;另一种是对称式平衡,是非对称式的平衡。

四、其他方法

1. 远近装饰法

又称"两重景物构图",是摄影艺术中加强空间感的一种造型手段。没有深度或空气透视可利用,依靠阴影,使前景浓重深黑成剪影,均匀照明,影像明晰清楚作中、远景,以其强烈的明暗影调对比来强调景次区别,表达空间深度。

2. 空间感

又称"深度感",是依靠画面景物的深度交线、明暗对比、大小对比、远近关系形成的。

3. 线条结构

又称线型组合。摄影画面中各种线条的结合,为摄影造型的基本手法之一。在构图上线条有它自己的功能:

垂直线——严肃、和平、庄重;

曲线——优美、柔和;

水平线——稳定、平衡、安定;

直线——稳定、刚强;

斜线——运动、活泼。

不妨好好琢磨一下下一页的几幅作品,自己再动手模仿模仿。

以上这些方法,仅供参考,绝不是金科玉律,你千万不要受其束缚。实际上,构图很大程度上是个人的事,仁者见仁,智者见智,很难有好与坏的标准。把握好构图,需要摄影者有良好的素质。美国著名摄影家爱德华·韦斯顿说得好:"好的构图只是一种观察被摄物的有效途径,它是无法教给人的,像创造性一样,它是一种个人逐渐形成的素质。"

 提示

任何事物都是辩证的,反常的东西往往更会引人注目,摄影者尽可能根据自己的审美个性,创作出独具匠心的作品来。

第四节　构图常用技法

构图技术是摄影不可缺少的一个重要部分,当你拿起手中的相机拍摄时,就在不知不觉中用上了构图技法了。在这里介绍以下几种方法:

一、黑与白的对比

在用全色胶片(黑白胶片)拍摄时,除了正确构图,还要注意全色胶片中的黑白的对比。正确使用黑白的对比,会使图片更有活力。

二、 大与小的对比

大的比小的突出,主体近,体积大;陪体远,体积小,不引人注意。这种大小对比又称"远近对比"。

三、虚与实的对比

利用景深,使主体清晰,陪体模糊,这种对比能够很好地突出主体。而前后景在不同的程度上变化着。前虚、中实、后景更虚,一般使用光圈f/5.6,焦点对准主体即可。

四、动与静的对比

主体动,陪体静,突出主体。一般是在较暗的情况下进行的。用这样的对比法突出主体时,注意一定要用三脚架。光圈使用在f/5.6以下,快门在1/30秒以下,陪体不可摆动,才能确保拍摄一次成功。

五、疏与密的对比

在大片简线条的物体中,有一个繁线条的物体,这种对比能够很好地突出主体,而前后景在不同的程度上慢慢地变化着,前虚、中实、后更虚。一般使用光圈f/5.6,焦点对准主体即可。

六、色彩的对比

两种不同的色彩并列在一起,互为影响发生的一种现象,产生明度的对比。在色彩对比时要注意,要有一色为主色,对比要求调和,鲜明而单纯的彩色对比,色感所要表现的气氛要一致。

第五节　摄　　影

摄影离不开位置、距离、方向。一幅好的作品,必须要从一开始就选择好的拍摄位置、最佳的拍摄距离,还有好的拍摄方向。

一、摄影的位置

又称拍摄点。是拍摄时相机所在的位置,它决定了作品造型和画面结构。选择拍摄位置就是要寻求最能表现被摄体的主体、陪体、背景三者关系的方法,去完成作品造型和构图。

二、摄影的距离

指拍摄点到被摄物体之间的距离,它决定画面构图状态。拍摄距离的变化,对构图有以下影响:

(1)被摄物体在画面中的体积;

(2)画面的透视效果;

(3)画面的范围;

(4)物体立体感。

三、摄影的方向

以被摄物体为中心,在同一水平线围绕着这个中心的四周选择角度,选择摄影方向,目的是为了突出主体。

四、摄影高度

相机与被摄物在同一水平线时,或高或低,改变拍摄的高度,画面会产生表现力和空间感。

1. 平　拍

相机与被摄物同等高时,拍摄的效果与观众视觉相近。如拍人像等。

2. 仰　拍

相机低于被摄物,镜头向上倾斜,拍摄时会产生雄伟高大的效果(夸张)。如人物、建筑等。

3. 俯　拍

拍摄点高于被拍物，镜头向下倾斜，拍摄大场面的层次、纵深效果明显，给人以辽阔的感觉。如会场、风光、建筑等。

五、摄影画面

所有的摄影画面都可分为全景、中景、远景、近景、特写。

1. 远　景

指相机远离被摄物，一般是在无限远。画面有着很大的空间，人和物占的面积较小。如大型会场、大型演出等。

2. 中 景

一般以人物的膝盖以上为标准，它显示人物形体动作和人物的姿态。如新闻、生活、体育、舞台摄影等。

3. 全 景

指相机离被摄物较远,整个画面正好展示人或物的全貌。如风光、社会生活、体育等。

4. 近 景

拍摄的照片影像较大,空间小。如人物照、标准照、大头照等。

5. 特　写

指与被摄物很近,只能拍出人物表情或者物体的细节。如人物特写、肖像、静物、产品广告等。

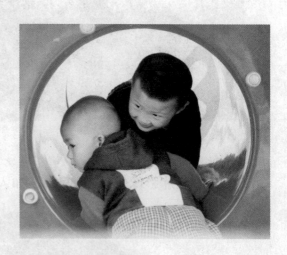

第六节　图片剪裁

一张相片有两次构图,一次是拍摄时取景,另一次是放印相片时的裁剪。其实,凡是形状与正常比例不一样的照片都是经过剪裁的。

一、弥补现场构图的不足

拍摄时的现场构图,是剪裁的基础,不容忽视。但是,常常因为拍摄的时间紧迫,或由于对构图考虑不周等其他原因,而把不必要的景象也摄入了画面,这就需要经过剪裁,进行构图的再创作,使画面构图趋于完美。

下面这张照片,人物拍得不错,但是构图上给人的感觉还需改进。

剪裁后的效果如右图,是不是有所改进?

照片的剪裁,有人是在放大后进行的。但这往往造成相纸的浪费。我们主张,在放大之前,应先印放小样,在上面确定剪裁方案,画出剪裁的格式,然后再放大。

二、对作品进行美化

还有一种剪裁是出于一种美化和艺术的需要。如下面几幅照片：

这样构图，使得照片有了水墨长卷的味道。

扇形的轮廓，油画的感觉，产生出中西合璧的效果。

·教你一招·　　　　　　**摄影构图的 S 形优美**

S形，实际上是条曲线，只是这种曲线条是有规律的定型曲线。S形具有曲线的优点，优美而富有活力和韵味，所以S形构图也具有优美和富有活力的特点，给人一种美的享受，而且画面显得生动、活泼。同时，读者的视线随着S形向纵深移动，可有力地表现其场景的空间感和深度感。

S形构图分竖式和横式两种，竖式可表现场景的深远，横式可表现场景的宽阔。S形构图着重点在于线条与色调紧密结合的整体形象，而不是景物间的内在联系或彼此呼应。

S形构图最适于表现自身富有曲线美的景物。在自然风光摄影中，可选择弯曲的河流、庭院中的曲径、矿山中的羊肠小道等；在大场面摄影

中,可选择排队购物、游行表演等场景;在夜间拍摄时,可选择蜿蜒的路灯、车灯行驶的轨迹,等等。总之,S形构图是摄影家们常用的构图方法,佳作不少,在各种摄影作品展览中均可见到。

？释疑篇

1. 怎样才能获得较好的摄影构图?

对于如何获得较好的摄影构图,摄影家瓦尔特·德·格鲁伊特提出了以下重要建议:

(1)画面所提供的信息不能造成视觉上的混乱。

(2)人物和环境的关系要有助于传达照片的意图。

(3)应当避免由于人物和环境之间的含糊关系而可能产生的错觉。

(4)明与暗的关系或者彩色对比的关系是非常重要的。

(5)除了人物和环境在形式上的关系之外,对人物和环境的心理上的权衡也是十分重要的,因为每个人都会根据视觉印象立即做出喜欢或不喜欢的判断。

(6)表现与我们熟悉的物体相类似的东西,使人容易辨认,从而能比较迅速地予以理解。因此,重复内容是必要的。

(7)照片的复杂程度一定不能太低(感官刺激不够),也不能太高(感官刺激过分)。

(8)每个人对每幅照片的美学评价总是不一样的,而且这种评价是受感情支配的,它在很大程度上取决于观众的认识、他的经历和他的敏感性。

(9)形式主义和时髦风尚是不能持久的。这种缺乏独创性的缺点,是不可能用技术补偿的。

(10)照明、透视、重叠和影纹的层次变化,有助于在二维空间的平面上体现出明显的纵深感。

(11)不寻常的透视效果,有助于使照片生动活泼。

(12)有意识地使用突出的方向线和选择适合主体的画幅,会加强照片的效果。

2. 拍摄旅游人物特写的构图要注意哪些?

出去旅游,自然希望留下几张好的照片,积累美好的记忆。

在山岳风景区旅游,主要活动内容是登山。拍摄登山攀岩活动的照片可有两种方法:一种是自上而下拍照。拍摄者爬山攀岩在前,然后选择

合适的拍摄角度,找到比较安全的拍摄位置,选择好比较典型的环境背景,以登山必经之处为标准调距离。当被摄人物进入画面之后,从容拍照。拍照方位以斜侧为好。这样,可将人物和山崖有机地组织到画面中,并且可以比较完整地拍摄登山者的体态动作。拍摄距离不可太近或太远,太近体现不出登山的环境特点,太远会使人物形象渺小而不清晰,应在5 m左右为宜。另外,在画面中,被摄者的前面尽量不要出现其他登山游人,否则会喧宾夺主。被摄者抬头向上,或侧向拍摄者,不要低头。同时,避免从上而下正面拍摄登山者,那样容易因近距离俯拍导致人物变形,也可避免登山人物重叠而主次不分,影响画面效果。另一种拍摄方法是自下而上拍。这样可以表现背景山势的险峻,拍摄者选择好拍摄角度位置后,让被拍摄者登山。当被摄人物进入你的取景范围,便可按动快门。同样,登山者距相机不可太近,否则容易造成腿长身短的人物变形,而且挡住了背景环境;太远则人物不突出、不清晰。拍摄这种画面忌拍照时大喊大叫、慌慌张张,容易出危险,也不要硬让爬山者摆姿势做动作,使画面呆板。另外,也不可在游人必经的狭窄的山路长时间滞留拍照,以免影响他人旅游。要学会抓拍,以登山情节取胜,可不必介意采用什么光线,快门速度不可小于1 / 125秒。

到海滨旅游,自然是以戏水、游泳为主要活动。海滨纪实题材比较丰富,拍摄场景在海面和沙滩。拍摄海面游泳、戏水的人物,拍摄者可站在沙滩,以大海为背景,也可站在海水里,以沙滩及海滨建筑为背景。海滨旅游可拍摄题材很多。例如:水中游泳、戏水弄潮、海滩日光浴、沙滩追逐游戏、拾贝、垒沙等都是十分有趣的内容。拍摄角度可酌情平拍或俯拍。距离以5 m左右为宜。应尽力避开杂乱的游泳者,也不要只孤孤单单地拍一个人,既要主体突出,又要有环境的陪衬。如果场面比较杂乱,要用较大光圈(f/5.6或更大些)拍照,使背景中的游人及杂物变模糊,用虚实对比来突出主要人物活动。

出外旅游会遇到各种不同的光线条件,也有各种不同的背景环境,因此,可利用各种机会,适当地拍上几张人物特写,也是很有价值的。所谓人物特写,就是细腻地刻画人物形象的特写照片,人物形象占据画面的大部分空间,甚至只拍人物的头部以至局部面容,表现人物的音容笑貌。这种人物特写,环境背景是次要的,甚至可以完全不考虑。人物特写的拍摄要求比较严格,不同于一般的旅游纪念照,不同类型的人在拍摄上的要求也不尽相同。无论拍摄哪类人物特写,都应注意画面中人物脸的前方留的空间要大些,头后留的空间要小些,甚至可以不留空间。这样,人物视线所及就有一定的方向性,符合人们的视觉习惯和审美规律。

第五章　光的运用

"云破月来花弄影"这一名句就暗含了一个简单的道理：有光才有影，花影可以说是月光在地面上作的画。摄影就是这样一种用光来作画的艺术。要想获得一张好的照片，恰当地用光是极为关键的一环。

摄影用光的光源一般有两种：自然光和人工光。

一般情况下，我们依靠相机内置的测光表，就能获得比较高的测光精度，我们按测光表的读数曝光即可。

+　　感光过度
●　　感光正常
—　　感光不足

第一节　自　然　光

　　自然光的光源来自于太阳,它在不同的位置、不同的季节,总是经常改变着自己的表现效果,即便在同一天的不同时间,也会有不同的表现效果。

　　你可以在同一天中的清晨、上午、中午和傍晚四个时间段分别拍下一张或多张照片。然后仔细比较照片,揣摩不同时段自然光的表现效果。

　　不要怕麻烦,带上纸和笔,把拍摄每张照片时的光圈和快门等记录下来,这样就便于总结经验,吸取教训哦!

一、清晨拍摄

　　由于清晨太阳在天空中的方位较低,会产生一种生动的、具有强烈方向性的光,叶子上挂着一串串露珠,显得格外美丽。在这种光线下拍摄的景物,经过阳光照射,会变成一种令人愉快的暖色调。

　　黎明时拍摄照片,最好要带上三脚架,不可忘记呵。

二、上午拍摄

上午,太阳光线明亮,能见度极好,可以拍摄出一些色彩饱满和高反差的照片来。

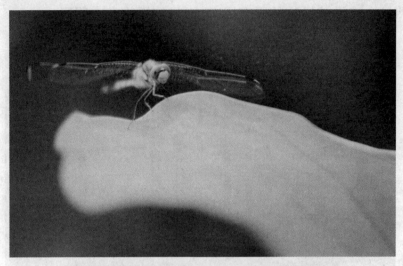

 提示

上午是拍摄的大好时光,不可错过。

三、中午拍摄

中午的阳光生硬而又强烈，冬天太阳处于低位，夏天的太阳处于高位，一般在夏季不适宜在室外拍摄，尤其是在烈日下拍摄浅色物体。因为炎炎烈日会淹没被摄物的所有层次，而且被摄物会有阴影。

四、下午拍摄

下午的光线具有方向性，尤其是下午三四点钟的光线，会有许多从侧面拍摄各种被摄物的机会，这样拍摄的照片会有立体感。4点钟之后，太阳会产生生动的侧光和逆光。

提　示

夏日下午的光线比中午弱了许多，也是拍摄的好时机。

五、傍晚拍摄

日落给天空带来丰富壮观的影调,可以拍摄出美丽的逆光照片或剪影的效果来。

提　示

拍摄傍晚摄影的一个关键因素就是拍摄时间的选择。一般选在日落后的10到30分钟。

六、夜景拍摄

忙了一天,如果你还精力旺盛,就接着来吧,拍几张夜景照片(这可是一般傻瓜机拍不好的哦),让那些只会拿着傻瓜机按快门的朋友羡慕不已吧!

天黑以后,当太阳消失后,街上华灯初上,景色十分优美。由于夜景曝光量的计算比较复杂,暂时就顾不了那么多,按照下面的这个表来一一试验吧。

拍摄对象	大概情况	适用光圈	曝光时间
城市夜景	从高处俯摄大场面	f/5.6	1~15 秒或更长时间
街景	距离 20~30 m	f/5.6	1/4 秒和 B 门(最好用 B 门),使用三脚架和快门线
夜晚的橱窗	大商店商品陈列橱窗	f/5.6	B门,25~35 秒,使用三脚架和快门线
焰火	表现焰火完整的花形	f/5.6~f/8	B门 8~12 秒,连续感光,使用三脚架和快门线

注:以上数据均以100度胶片为基准。

提示

拍摄夜景时要注意以下三点:

(1) 选用灯光型胶卷;

(2) 带上三脚架和闪光灯;

(3) 夜景的拍摄没有统一的规律可循,读者可以把以上数据作为参考,具体操作可根据实际情况适当调整,灵活掌握,不必生搬硬套。

七、阴天拍摄

前面我们说的都是晴天,在阴天怎么办呢?

阴天摄影时,如果我们不能确定准确的曝光量,就应该偏向于曝光略为不足。而且,阴天摄影曝光量即使准确,在许多情况下往往还不如曝光略少的效果好。因为曝光略为不足(曝光量减0.5~1级)不仅不会影响阴天漫射光照明的物体亮部和浅色部位的表现,反而有助于暗处和深色部位加重影调,使整个画面的影调反差略为加大。

"过犹不足",阴天摄影时就让我们记住这四个字吧。

第二节　人　工　光

　　人造光源所发出的光就叫做人工光，又可分为普通照明和闪光照明两种。

　　普通照明的光源有：钨丝灯、碘钨灯等。

　　闪光照明就是利用闪光灯发出的瞬间的闪光进行照明。

闪光灯

　　电子闪光灯是我们使用最多的人工光源，闪光灯属于点光源，因而照度（被摄物体直接受光程度）的强弱变化直接受光照距离的影响，即光照射距离越远，照度就越弱。

提　示

　　(1) 使用闪光灯时，快门速度不得超过相机所支持的最高同步快门速度，但镜间叶片式快门可在任意快门速度下与闪光灯同步；

　　(2) 不得近距离对着婴儿的眼睛闪光，否则有可能伤害婴儿的眼睛，造成严重后果。

第三节　光的分类运用

光还有软硬之分。"硬光"一般是指无云彩或其他物体遮挡的太阳光，或直射到被摄体上的人造光，如照明灯、闪光灯。"软光"通常就是天空有云彩或物体遮挡了的太阳光。当明暗反差较大时，会给人以粗糙的感觉。而在光的直接照射下，往往会在被摄体背后留下一个黑影，缺乏美感。

一、直射光

直射光是指光源直接照到物体上的光线。其特点是有明显的方向性，被射物产生清晰的投影，反差强烈，突出外形。另一种是用聚射照明灯发出的光线，它所发出的光也叫做"直射光"。

在自然光下,能够很好地表达明暗的层次,但一定要小心避免曝光过度或曝光不足。

二、散射光

散射光是指阴天、雾天、多云等天气的自然光线。在这样的天气下拍摄,最好选择多层景物、深色前景的图片。散射光下,被摄物体没有投影,反差不强,过渡柔和,不适宜造型。

在散射光下拍摄,不宜拍摄风光、建筑,而拍摄人物肖像是最好不过的了。

三、反射光

反射光是由光源发出的光投射到其他物体上,再由该物体受光后反射的光线。反射光的强弱,除光源本身发光强度外,还决定于反射物体表面反射能力的大小。太阳射下来的光照在建筑物、地面、水面等处反射过来的光,其特点是光线柔和、均匀,影调平淡,立体感差。

提示

人像摄影家喜欢用的是反射光。

四、顺 光

顺光也叫正面光。当光线投射方向与拍摄方向完全一致时,这一方向的光,我们称为顺光。在这样的光线照射下,景物的阴影看不见,物体正面具有比较均匀的光亮和鲜明的热烈气氛,景物的凹凸面不明显,影响其立体感。

 提 示

为了分清主体和背景,在顺光条件下拍摄必须注意主体与背景的颜色对比。

五、逆　光

逆光又称逆射光、轮廓光,即光线投射方向与拍摄方向相反。在逆光下,被摄物体除了有一条明亮的边缘轮廓线外,其余部分由于得不到光线照射而变成黑色。逆光是一种具有艺术魅力和较强表达力的光照,它能使画面产生完全不同于我们肉眼在现场所看到的艺术效果。逆光能够增强被摄体的质感,渲染气氛,增强视觉冲击力和画面的纵深感。

逆光摄影时,如果我们仍按照测光表的读数去曝光,曝光量就会严重不足,从而导致拍摄失败。如果在室外阳光下逆光拍摄,则应按当时顺光曝光量再增加2~3级曝光;如果要拍成剪影效果,则应按背景的亮度为标准进行曝光。

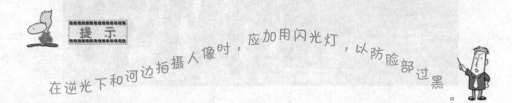

提示

在逆光下和河边拍摄人像时,应加用闪光灯,以防脸部过黑。

六、侧 光

侧光是光线射入与照相机方向成90°角,也就是说,光线从物体的侧面照射形成强烈的反差,富于立体感。这种角度的侧光,一般不宜用来拍摄人像,但能够较好地表达物体的立体感和轮廓线,画面变得丰富。这是体现质感的最佳角度。

侧光最佳拍摄时间表		
时间	上午	下午
夏、秋	8~10点	3~5点
冬、春	9~11点	3~4点

柔和的侧光恰到好处地表现了
水珠的晶莹和花的娇柔

用侧光造成了强烈的明暗对比,雪亮的刺刀,严肃的表情,凸显出军人的英武、勇敢和刚毅

 提 示

　　早晨拍摄景物,可用侧逆光来拍摄,会出现鲜明光斑。白天拍摄多层次的远景,可用高侧光来表达,傍晚可用低侧光来表达。

七、顶　光

　　顶光又称高光,光线的投射方向与地平线垂直,是从被摄物顶端照下来的光。顶光对拍摄人像很不利,但对风光拍摄影响不大。

 提 示

　　顶光对拍摄用光影响不大,但不宜拍人物,会使额头、脸多处出现黑色投影。

73

教你一招

拍摄近景人像

一般拍摄近景人像,相机距离人体5~8 m。这是习惯性观察人的透视距离。相机镜头与人的眼睛一样,看物体是近大远小。如果离开我们习惯的观察距离,就会产生所谓的"变形"。但是,如果能运用这种"变形",通过改变透视角度来突出某些特点或掩盖某些缺点,即可达到需要的脸形。例如:

(1)远距离拍头像,会有面宽耳大、双眼靠近现象;

(2)近距离拍头像,会有鼻宽耳小、双眼向外现象;

(3)由上向下拍头像,会有下巴尖瘦、眼睛大现象;

(4)由下向上拍头像,会有下巴粗胖感觉;

(5)长面孔的脸,可低点头,正面拍有圆脸效果;

(6)胖圆脸,可侧一点,再运用强反差侧面光,会减少肥胖效果;

(7)瘦面孔脸,可正面拍,再运用正面平光减少阴影,会有胖一点的效果。

总之,运用透视角度的变化和巧妙的灯光配合,可以达到你所预想的效果。

？释疑篇

1.如何运用自然光?

现实生活中的自然光来源于太阳,投射在被摄物件上后,因方向和角度不同,不仅阴影会随之改变,而且被摄物的印象、感觉,包括影调也会呈现出明显的视觉差异。所以,选择适当的光线、光线方向和角度,是从事摄影者不容忽视的第一步。

我们知道,太阳从日出到日落,每一分每一秒都在改变,因此照在物体上的光也会随着太阳位置的推移而不断改变角度。一般来说,被摄体与光源方向成45°为最佳采光角度,大约出现在上午10点和下午3点两个时间段。对光的角度的选择不能掉以轻心,这需要仔细观察不同季节、不同天气、不同时间段、不同方向和角度的光线特点,以及能在画面中出现的效果,以便更好地表现主题和构思。

2.不同的光线对摄影会带来什么样的变化?

不同的光源,我们在光的运用中已详细讲述了,在这就不再赘叙。一般来说,光线有三种,即顺光、侧光、逆光。顺光是光线投射方向与拍摄方向完全一致,在拍人像时会使人的鼻子、额头有投影;侧光是光线与被摄

物成90°角,明暗反差较大,影调对比强烈,拍摄时,应尽量使阴影部分感光充分,近摄景物还可以用辅助光;逆光是光线与被摄物的方向相反,使物体只有明亮的轮廓,层次丰富,有远亮近暗的空气透视效果,拍摄人物时,须加闪光灯。拍摄黎明或黄昏的剪影照片时,应对天空亮度曝光。

3.何谓曝光组合?

曝光组合是指在同一拍摄环境中使用不同的光圈和快门的组合。比如,用测光表测得快门为1/30秒时,光圈应用f/5.6,这样,f/5.6、1/30秒就是一个曝光组合。我们可用f/4和1/60秒的曝光组合代替(二者等效),也可用f/2.8和1/125秒的曝光组合代替。也就是说,这几个组合是等效的。但我们特别要注意的是,虽然这几个曝光组合是等效的,也就是说曝光是准确的,但不同组合所获得的景深是不同的。

4.如何理解光与色的关系?

说到摄影用光,还有一个必须考虑的因素,就是在彩色摄影中,光源色温的高低直接影响着被摄体色彩的真实还原。色温表示光源的光谱成分,是光源颜色的一种度量,用绝对温标K(开尔文)来表示。通俗地说,在色温高的光源中,所含的蓝色光成分多于红色光;在色温低的光源中,所含的红色光成分多于蓝色光。不同光源的色温值是不一样的。同样是白天,不同时间段太阳光的色温也有变化。如日出或日落的太阳光色温较低,在2000~3000 K;早晨或下午的阳光在4000~5000 K;接近中午前后的阳光在5000 K左右。碘钨灯,一般在3500 K左右。

在彩色摄影中,彩色胶卷有日光型和灯光型两大类。日光型彩色胶片的标定平衡色温为5500 K;灯光型彩色胶片的标定平衡色温为3200 K。也就是说,日光型彩色胶片必须在色温为5500 K的光源下使用,才能得到色彩还原,而灯光型彩色胶片则适合于3200 K色温的光源下使用。如用日光型的胶片在色温为3200 K左右的光源下拍摄,照片就会偏橙红色。早晚太阳光色温低,用日光型胶片拍摄日出日落时照片往往会偏橙红的暖色调,其道理也在于此。有一种方法就是,如果用日光型胶片在色温3200 K的光源下拍摄时,可以在镜头前加用蓝色色温转换滤光镜来升高色温,以求得色彩的正常还原。同样,灯光型彩色胶片也可以通过琥珀色色温转换滤过镜来降低色温,使其能在5500 K的光源下使用。

第六章　数码相机

　　"忽如一夜春风来,千树万树梨花开。"似乎就在转眼之间,我们身边拥有数码相机的人一下子就多了起来。

　　数码相机在拍摄和处理图像方面有着得天独厚的优势,随着电脑以及电脑图像处理技术的普及,数码相机大有后来居上,超越传统相机之势。数码相机不再是一种时尚的标志,而是逐渐进入寻常百姓家。掌握数码相机的摄影技巧,已成为现代都市人必备的生活技能之一。

第一节　数码相机的选购

　　现在市场上的数码相机多达几百个品种, 可谓是"乱花渐欲迷人眼。"所以很多人的感觉可能是想买而又无从下手,生怕买了台不合用的产品,而又浪费了金钱。下面就让我们在学习基础知识中,练就一双火眼金睛吧!

富士S602

佳能S45

柯尼卡美能达A2

索尼F828

提示

　　首先想清楚自己买相机的主要用途。如果是一般的业余爱好,请仔细阅读我们的建议;如果作为专业用途,你一定得请教身边的专业人士,价位上万元的东西,可不是纸上谈兵所能解决的。

　　对于相机本身,首先需要考虑的应该是影像质量、分辨率、总体性能特点、影像存储量,当然,还有价格。

一、像　素

　　图像质量的好坏,分辨率就是最重要的因素。光学分辨率的高低是根据相同单位面积上的纵横像素数的多少来确定的,相同单位面积上的像素数越多,分辨率就越高,产生的影像就越清晰,影像层次越丰富。

　　一般来说,如果只是想尝试一下数码成像,拍摄是用于在电脑屏幕上显示,或应用在网页设计上,那么选择200万左右像素的经济实用型相机就可以了;如果想输出影像,要求照片相对清晰、逼真,则应选择300万像素以上分辨率的相机;专业摄影师或编辑记者,对图片质量要求较高,则应选择500万像素以上分辨率的相机了。

高分辨率拍摄

低分辨率拍摄

　　影像感应器是相机性能的决定性因素。一般情况下,影像感应器的像素值应大于实拍图像的最大像素值。有些厂家为了弥补影像感应器像素的不足,采用软件插值法加大图像的像素值。实际上,这种插值法在几乎所有的图像处理软件中都能实现,因此实际意义不大。选购时一定要以影像感应器的硬件像素值而不是输出图像最大像素值为依据。

提　示

　　分辨率是最重要的质量参考因素之一,但不是唯一的因素,不要一味追求高分辨率,而应根据用途量力而行,切不可被单纯宣传分辨率的厂家所迷惑。

二、变焦倍率

　　数码相机外在部分最重要的部件就是镜头,在这方面的指标上"变焦倍率"和"f值"最关键。对于数码相机来说,变焦倍率越大,远景拍摄就越方便。但相应地镜头就越大,价格也就越高。

　　数码相机的变焦分为光学变焦和数码变焦。数码变焦是指将部分图像裁剪出来进行放大的功能,所以,利用数码变焦进行放大的越多,图像就越差,因此在实际拍摄的过程中,数码变焦对拍摄效果并不能起到太

大的作用。要提高拍摄的效果,必须使用光学变焦,它能够通过镜头的变化,使拍摄的范围更广,从而提高相机的效率。请记住,选购数码相机真正应该关心的是光学变焦倍数。

如果只是把数码相机用作记录用途,而采用尽可能轻便的产品的话,可以选择无变焦功能的产品。如果既非专业摄影,也非DC发烧友,那么3倍光学变焦也就足够了。

三、存储卡

存储卡在使用中相当于普通相机的胶卷,按卡的容量大小可分为:4M、8M、16M、32M、64M等等。选取储存卡当然是越大越好,可是伴随而来的就是卡的容量越大,价格就越高,已经远远的超出了传统胶片相机的拍摄成本,我们要多大的储存卡合适呢?

一般而言,购买数码相机同时会有一张卡送,我们可以以这张卡为主,另外再购置一张即可。对于户外风光摄影者,我建议您多买储存卡,因为您找到灵感的地方也许难以再次到达,所以特别需要大容量的储存来尽量多拍摄。对于一般的家用,我建议您不必再配置储存卡,640×480的分辨率下您可以尽情的拍它一百多张(对于8M卡而言)。对于新闻摄影或者记者,您的确应当配备大容量的储存卡,可是不能买几张64M的卡,因为卡的容量越大,储存和清除的时间越长,不大适合突发性场景的拍摄,您可以多买几张小容量的储存卡,灵活的拍摄和更换。

四、液晶显示屏

绝大多数数码相机都有一个彩色液晶显示屏,它的作用就相当于一能微型的计算机的监视器,用户可以更好地把握拍摄的效果,在拍摄之后也可以立刻从液晶显示屏中看到照片,不满意的话可以立刻删除和重拍,以免占用存储空间。另外,彩色液晶显示屏也可以用来显示菜单,用户可以修改相机的设置,非常实用。

彩色液晶显示屏像素的高低是决定其显示清晰度高低的重要因素。目前,大多数数码相机的彩色液晶显示屏的像素在11万以上,这些彩色液晶显示屏一般都能较好地反映图像的细节。

五、附加功能

目前,绝大多数的数码相机除了拥有基础拍摄功能之外,往往还有许多附加功能,如录音功能、视频输出功能、自拍和连拍功能等。毫无疑问,这些功能是绝不会白给的,用户肯定要为这些附加功能多花一些银子,更何况多一个无用的功能反而增加了出故障的概率,因此对于产品

的附加功能,一定要合理选择,不一定是越多越好。

我们建议,防抖是数码相机的一个很有用的功能,有了这个功能,拍摄时就可以防止因相机不稳造成的图片模糊。再一个要有手动功能,拍摄者的主动性就多一点。总的来说,使用者可以根据自己的实际需要量力而行。

六、国产数码相机能够信赖吗?

勿庸讳言,在高端和专业级的产品上,国产的数码相机和国外的产品相比还是略逊一筹。但是相对来说,目前一些中低端的国产数码相机,已经非常成熟了,完全值得我们信赖,而且在价格上也有一定优势。因此如果您是一位普通用户,想购买一款"中低端入门级"产品的话,不妨关注一下我们的国货。

七、数码相机很快会被淘汰吗?

数码相机的发展的确是太快了,但是,我们要明白,数码相机和计算机不同的,由于计算机的应用在一定程度上依赖于软件,因此计算机的更新和淘汰受软件更新和提升的影响。而数码相机使用的软件都是固化的,因此不会很快被淘汰,用户可以完全放心!

八、推荐品牌

国外品牌:富士(FujiFilm)、佳能(Canon)、奥林巴斯(Olympus)、柯达(Kodak)、索尼(Sony)、卡西欧(Casio)、柯尼卡美能达(Konica-Minolta)、尼康(Nikon)、三星(Samsung)等。

国内品牌:联想、方正、中恒、紫光等。

第二节 数码相机的使用

如果你完全是个新手,你要做的第一步还是先和"爱机"来一次亲密接触吧,对照说明书熟悉一下"爱机"。这很重要,使用不当的后果可是不太好玩。

一、使用步骤

使用数码相机拍摄照片前要注意:
1.打开相机底部的电池门,给相机安装好电池。
2.将相机的"拍摄模式"(Mode)设置在"拍摄"(Capture)上。

3.检查相机内是否已经装有存储卡。

4.开启电源,检查相机的分辨率设置和图像质量的设定(见图)。

当做完以上的基本操作后,你就可以放心地取景、构图、调整曝光补偿然后按下快门,一张相片就这样OK了。

效果怎么样?

还可以,但是似乎不够完美是不是?

教你一招

如何选用图像格式

数码照片的质量与像素的关系是:像素越高图像质量就会越好。有人作过推算,200万像素的数码相机大约与 1200 dpi 的扫描仪拥有同等的数字影像撷取能力,而 600万像素的数码相机则可视为与 2400 dpi 的扫瞄器同级。若只是使用一般的平台扫描仪进行相片数字化,那么数码相机只要 200万～300万像素就可轻易地胜过 35 mm 相机了。不过,如果输出 4"X6",约 A6 大小,使用 200~300 万像素足可满足一般人的需求。而若只是用于电脑 72 dpi 的显示器,要求就更低了,分辨率为 1024×768,才约为 80万像素,任何一台 200万级别的 DC 都可以游刃有余。因为数码相机储存空间有限,因此我们要因地制宜,合理选用分辨率,如:只用于 PC 的,对于本人的 SONY DSC-S75 一般使用 1280×960;如应用于印刷,一般采用 1600×1200;拍生活照时当然用 2048×1536。在要求不高的情况下,压缩标准也采用 STANDARD,这可比 FINE 的压缩标准存多一半的图片呢!

拍摄参数的设置

多数数码相机都在设置菜单中提供多种设定值中, 最常用的是图像分辨率。许多相机都提供了多种分辨率的选择,且多数相机都有一个缺省的设置,如果有一段时间未使用相机,例如一个小时以后重新开机时,缺省设置会自动生效。因此,每次拍摄之前,特别是更换电池之后,必须重新检查一次相机的设置菜单,确认分辨率、光圈等的设置,否则,极有可能拍出的照片达不到预期的效果。

提 示

不要迷信自动模式

在自动模式下容易出现偏色。数码相机一般都提供有自动、室内、室外、手动四种模式,初学者都信赖自动,可往往拍出的图片偏色,其实只

要我们细心注意液晶显示屏取景窗是可以看出的。当我们刚拍摄到某一实物,该实物一般偏重某一颜色,比如绿色,这时数码相机的白平衡(类似传统摄影中的色温)会自动偏向于绿色,再拍摄其他实物时自然也是会偏色了。这一点虽然在液晶显示屏中会体现出来,但初学者一般都没注意。因此我们还是尽可能使用手动白平衡为好。而且,还要密切留意液晶显示屏的色彩变化,一发现该白色的不是白色,就得重新对白色的实物取光修正白平衡。

在自动模式下图片的质量会受到影响。在自动模式下相机的程序倾向于使用较大的光圈以缩短快门时间,防止震动。但照相机镜头的收缩一般从最大光圈收缩两级左右拍摄的照片效果最好。尤其是在微距模式下。因此,我们最好使用光圈优先或全手动模式,使用较小的光圈以扩大景深。如果相机没有光圈优先功能,可以试着尽量提高环境亮度,让相机自动选择较小的光圈或者使用闪光灯,图像质量也能有所改善。

二、术语介绍

(包围式曝光、防手震功能、红眼、白平衡、偏振镜、色彩深度、程序式自动曝光、iso感光值)

包围式曝光

包围式曝光(bracketing)是相机的一种高级功能。包围式曝光就是当你按下快门时,相机不是拍摄一张,而是以不同的曝光组合连续拍摄多张,从而保证总能有一张符合摄影者的曝光意图。使用包围式曝光需要先设定为包围曝光模式,拍摄时像平常一样拍摄就行了。包围式曝光一般使用于静止或慢速移动的拍摄对象,因为要连续拍摄多张,很难捕捉动体的最佳拍摄时机。

防手震功能

数码相机的防手震功能有两种:一是光学的,一是数码的。光学的防手震和传统相机是一样的,是在成像光路中设置特使设计的镜片,能够感知相机的震动,并根据震动的特点与程度自动调整光路,使成像稳定。而数码的防手震是通过软件计算的方法,利用成像扫描过程与机械快门开启的过程相互配合校正震动的影响,获取稳定的画面。一般而言,设计精良的光学防手震系统效果要可靠、真实一些。

红　眼

"红眼"是指数码相机在闪光灯模式下拍摄人像特写时,在照片上人

眼的瞳孔呈现红色斑点的现象。可以理解为在比较暗的环境中,人眼的瞳孔会放大,此时,如果闪光灯的光轴和相机镜头的光轴比较近,强烈的闪光灯光线会通过人的眼底反射入镜头,眼底有丰富的毛细血管,这些血管是红色的,所以就形成了红色的光斑。防红眼是闪光灯的一种功能,是在正式闪光之前预闪一次,使人眼的瞳孔缩小,从而减轻红眼现象。

白平衡

即white balance。物体颜色会因投射光线颜色产生改变,在不同光线的场合下拍摄出的照片会有不同的色温。例如,以钨丝灯(电灯泡)照明的环境拍出的照片可能偏黄,一般来说,没有办法像人眼一样会自动修正光线的改变。所以,通过白平衡的修正,它会按目前画像中图像特质,立即调整整个图像红绿蓝三色的强度,以修正外部光线所造成的误差。有些相机除了设计自动白平衡或特定色温白平衡功能外,也提供手动白平衡调整。

偏振镜

偏振镜又称偏光镜,分为圆偏(cpl)和线偏(pl)两种,偏振镜是相机的附属配件。光线本身是一种电磁波,经反射和漫射之后,某个方向的振动会减弱,从而成为偏振光,因而,光滑物体表面的反光和天空的漫射光就是偏振光,而这些光线会影响摄影成像的清晰度。偏振镜可以选择让某个方向振动的光线通过,于是使用偏振镜可以减弱物体表面的反光,可以突出蓝天白云和压暗天空,在静物摄影和风光摄影中,偏振镜十分有用。

色彩深度

色彩深度(depth of color),又叫色彩位数,它是用来表示数码相机的色彩分辨能力。红、绿、蓝三个颜色通道中每种颜色为n位的数码相机,总的色彩位数为$3n$,可以分辨的颜色总数为2^{3n},如一个24位的数码相机可得到总数为2(24次方),即16 777 216种颜色。数码相机的色彩位数越多,意味着可捕获的细节数量也越多。通常数码相机有24位的色彩位数已足够,广告摄影等特殊行业用的数码相机,一般也只需30位或36位的色彩深度就可以。

程序式自动曝光

程序式自动曝光是电子技术与人工智能相结合的产物,采用这种方式曝光时,相机不但能根据光线条件算出合适的曝光量,还能自动选择合适的曝光组合。

iso感光值

iso感光值是传统相机底片对光线反应的敏感程度测量值,通常以iso数码表示,数码越大表示感旋光性越强,常用的表示方法有iso 100、400、1000等。一般而言,感光度越高,底片的颗粒越粗,放大后的效果较差。而数码相机为也套用此iso值来标示测光系统所采用的曝光, 基准iso越低,

所需曝光量越高。

三、拍摄注意事项

现在的数码相机功能越来越强大,有些功能甚至是专业级光学相机都不具备的,譬如说白平衡调节、包围式摄影、场景模式摄影、多点区域评价测光、多点对焦及偏移对焦,等等,而且自动曝光功能也越来越强大和完善。所以从道理上推论,似乎用数码相机拍出好照片是理所当然的事,但是实际上并非如此容易。要想拍出更多一点好相片,除了需要有经验的长期积累之外,还有赖于你对你的摄影器材的熟悉和深刻了解,能做到扬其长而避其短,还需要有点摄影基础知识(参阅本书第二、三、四章)和美学修养——这可不是非一日之功所能达到,其捷径就是学习、欣赏别人的优秀作品(参阅本书彩色插页)。

会不会有点羡慕？

千里之行，始于足下。先让我们给你支些"招"吧。

1. 保持稳定

一般情况下，对于新手来说，当曝光速度低于1/60秒时有可能影响成像的清晰度。要保持相机稳定，一是要持机姿态和力度正确，二是要按快门键的力度适当。要练出这个基本功看似很简单，却非一日之功可得。那怎么办呢？

(1)给身体或手找个依靠。

(2)把相机皮带挂在脖子上，把相机向前抻至皮带拉紧，就形成了3点支撑，持相机的稳定度就大大提高了，有些人用这个办法在曝光速度长至1/8秒时还拍出过不少相当清晰的相片，你也不妨试试。

(3)买个好点的三角架吧。多花点钱，不过会稳妥许多。如果你的相机有2秒延时功能就最好了，"三脚架+2秒延时"就是最稳当而方便的办法。没有2秒延时功能也不要紧，就用10秒延时，浪费点时间就是了，效果一样好。

2. 多拍精选

光学相机摄影要用胶卷，如果以多为胜，成本太高，所以往往是惜"镜"如金，轻易不按一下快门的，及至精思细量地抓住镜头拍上一张，回去冲洗后才能知道结果，如果不够满意那就难了，时过境迁想补救已来不及了，所以光学相机的爱好者们常常感叹光学摄影是门充满遗憾的艺术。

数码相机则不同了，其突出的优点之一就是有"后悔药"。数码摄影的影像现时储存在机内的磁性载体上，又可以现时回放观察，不满意消去重来就是了。对于同一各拍摄对象，可以从不同的角度、在不同光线条件(逆光、顺光、测光、补光等)下毫不吝惜地猛拍一气，有时同一角度同一方案也重复拍上好几张，然后就停下来回放，不满意的镜头当场就删。回来之后存入硬盘，再用ACDSee之类的软件放大回放，再行精选。这样剩下的都是优中选优的作品，你应该还会满意吧。

3. 扬长避短

数码相机的摄影响应比较迟钝，从按下快门到摄影启动的这段时间明显要比光学摄影长得多，所以拍摄运动中的物体时往往抓不住或抓不准镜头，还是用数码相机多拍些静物吧。相机有连拍功能的影友，不妨用这个功能来弥补其不足。

用数码相机拍起这样的生活照可是并不困难哦，高速运动的拍摄对象，不是专业的数码相机和专业人员拍出来的效果是很难如意的。

小知识

　　　　　　　　数码相机电池应如何保养。

　　了解电池的保养方法。无论是哪种电池，只要是随相机销售的，一般在说明书中都会有一些很必要的保养之道，比如电池应选择的充电方式、充电时间等。建议新手要花费一点时间看看这些指南，绝对是必要的。

　　如果暂时不用数码相机时，则应将电池从机子中取出，并存放在干燥、阴凉的环境中，以防电池自动放电。对于长时间不用的电池，如镍氢电池，应该完全放电后再保存，还是带电保存？我们认为电池带电保存比较合理。因为，据测试，镍氢电池保存的最佳条件是带电80%左右保存，这是由于镍氢电池的自放电较大（一个月10%~15%）。如果电池完全放电后再保存，很长时间内不使用，电池的自放电现象就会造成电池的过度放电，会损坏电池。

第三节　数码相机拍摄技巧

练就"摄影眼"

　　如今，人们的生活水平提高了，玩照相机的人也多了起来，摄影爱好者在享受拍摄照片乐趣的同时，不知是否意识到，要把照片拍的更加精美，关键要练就一双"摄影眼"。

　　什么是摄影眼？摄影眼就是拍摄者，观察与表现事物的能力。如果把专业摄影师和业余爱好者放在一齐，拍摄同一样的东西，两者，绝不会拍出一样的照片来,这里除了技术方面的原因,还有就是对事物观察的角度不同。

因为摄影家的眼光,不只是准确地感受光与色,更要在视觉上将看到拍摄对象的形。换句话说,摄影家眼中的视觉形象永远不是对于感性材料的机械复制,而是对现实的一种创造性把握,充分利用视知觉的经验去理解。他们不但善于发现形象的特征,还善于独特的观察形象特征的新角度,以利于突出和夸张形象特征,而充分表现作者的独特感受。要练习就一双"摄影眼"应注意以下三点:

一是一幅好的照片要有一个主题。一幅好的作品,可讲出一个故事,可以交流一种思想或表达一种感情。

二是一幅好的照片要有一个能吸引人注意力的地方,这个中心,既可以是一个人或一群人,也可以是一件东西等。

三是一幅好的照片要"简洁明了"。它只是摄取那些表现主题重要的事物上面,而排除或压缩其他对主题起分散作用的东西。

只要注意这三条原则,你就会发现,你不久就能够用一种新的眼光去观察,分析和评价一幅好的作品,用新的眼光就抓取你的镜头了。当然摄影家的独到的眼光,不是天生的,而是建立在不断学习和实践的基础上的。

首先要学习,学习摄影知识和那些有代表性作品摄影家表现手法,同时还要劝君学点仿造学,做生活的"有意人"深入生活,从事创作,你将会有不小的收获。

其次要多实践,这是提高水平的唯一途径,值得注间的是,在拍摄时要善于多观察,抓特点,人们在不同的生活领域和工作环境中所表现的情绪,心理和欲望是十分丰富复杂的。这些"无意露出"的东西,是我们摄影创作者,应该时时、处处、事事做一个对生活有厚意的人,常动脑,多动眼,勤动手,这样才能在平凡的生活中发现它的不凡之处。

古人说要"读万卷书,行万里路",书本知识的增加和实践经验的积累,会在不知不觉中培养专业形眼光。当遇到令你心动的摄影对象时,你就会"心有灵犀一点通",积累的能量就会爆发出来,拍摄出令人满意的好照片来。

构图的原则

对初学者来说要了解一些准确构图的原则,如:若不是拍摄特写,一般应把主体放在画面的 1/3

处,同时尽量避开杂乱的背景,从特别的视角来拍摄,尽量捕捉物体的细节与个性,利用一些斜线或曲线的背景构图会让整体画面看上去更为生动。

另外,我们要善于运用二维的眼光观察。因为摄影只有二维空间,它通过透视关系(即光和影的造型效果为参照物)来表现空间感。现在的数码相机取景屏视野率均在90%以上,有些接近100%,可直截了当地观察到空间感和距离感是否足够,可做出及时的调整。不过,一般的数码相机LCD的分辨率都比较低,清晰度一般不能令人满意,不能迷信于它,因为在实际上的使用中发现:在LCD中显示曝光轻微过度,在电脑的显示器中显示曝光量度刚好。这也是有人总是拍出暗淡图片之因。

对于数码相机,我们可以采用这样的办法来构图:利用显示屏,在眼前的景象中反复寻找,拍下你认为最好的画面。这个方法是不是很实用?

总之,拍摄的过程就是寻找的过程,不要急于按下快门,相片是拍摄的结果,而此前的过程才是关键。

抓拍的技巧

人们利用节假日外出为亲朋好友拍照留影,常常有意或无意使用上抓拍。

抓拍又叫偷拍,是在被摄人没有察觉的情况下进行的非常规摄影。怎样才能真正的练好抓拍?

一是要学会观察。当走在大街或小巷时,只要留心察看,就会发现不同的年龄、性别、经历等会使人出现不同的特征。例如,从人的面部表情看,老年人的笑脸是憨厚、慈爱的;儿童脸上显示活泼可爱,天真浪漫;少女表现出文文静静、羞羞答答。从身体上观察,老年人由于长年劳累,身材变的粗壮;儿童处于发育期;充满活力;少女身材一般挺均匀。拍摄时抓住这些不同特点,然后稍加修饰,就可以了。

二是要注意人的好奇心。任何一个人对做任何一件事或看任何一件东西,都会有一种短暂的好奇心,这种好奇心;叫摄影瞬间,此时被摄人;对事物有一种自然的、天真的、情不自禁地表现出来。每当你走在街头,只要细心去察看;精彩的画面会浮在你的眼前。

三是拍摄时应注意的一些事项。在拍摄时应注意人物的对比、色彩的对比、反差的大小、前后景的虚化成变,等等,否则这些会影响主题人物的突出。

四是要多练,做到眼到手到。在抓拍中最难就是快速对焦了,怎样才能做好准确对焦呢?办法是多练。先有慢而后有快,开始对着树、窗等固定的物体进行训练,然后加快对焦速度,久而久之,你就成了一位抓拍的快枪手了。

抓拍时,要尽量用长镜头拍摄,这样拍摄时人物表情自然,同时也虚化了前后景。坚持下去你必将会拍出一张张使人叫绝的佳作来。

巧用光照

必须注意,大多数数码相机只能在完美的光照条件下才能拍照。所以在拍照之前,一定要找到尽可能好的光照条件。

数码相机是完全依赖于光线的。在数码相机照片范围内的光照太强的话,就会产生带状效果,没有大量细致的调整工作是很难改正的。如果光线较暗,达不到要求的起码照度,数字照片就会受到严重损坏。即使是光照稍小一些,也能明显地减少照片的清晰度。由于受到闪光灯的有效距离限制,即使使用了闪光灯,对于数码相机来说,阴影地带或傍晚时的光照条件仍可能光照不足。对于低档数码相机来说,自然光确实是最好的选择。利用台灯和相机灯也可以,但是需要控制灯光,使其成为直射光,因为光线和相机的低分辨率会抵消获得优秀而连续色调的努力。为了最大限度地利用日光而不必到户外去拍照,可以摆好一张桌子,上面放上一个由白色招贴板做成的背景,并将其放在窗口旁,以便在一天中尽量多地接受日光照射。目前,完全或部分云遮的日光对于数码相机来说是最好的光源。

色温的调节

传统摄影的彩色胶卷有日光型和灯光型之分,目的是适用于不同的光源环境。数码相机采用的是白平衡调节,同时又分手动和自动,手动调节具有灵活性,能创造出意想不到的艺术效果,但手动调节又并不那么容易掌握。自动调节可以保证拍摄的效果不会偏差很大,但难以创造特殊的艺术效果,例如,采用日光型胶卷拍摄时,采用石英灯做光源,可以拍摄出生动温馨的画面,但用数码相机拍摄,采用白平衡自动调节,拍摄的效果就没有那么明显,不过效果也很好。不同的数码相机拍摄的差异很大,所以对于白平衡的调节,使用时必须针对不同的摄影环境、不同的数码相机自己试验、摸索,做到心中有数。

自拍的窍门

大部分的数字相机也和传统相机一样,具备自拍的装置。自拍的功能可以用于多种场合:

团体照:帮一群人照相时,为了避免某些人不预期地乱动,最好可以用倒数的方式,告知拍摄的时机。当您开始喊三、二、一的同时,就使用3秒自拍的方式按下快门,喊完了,相机也自动激活了快门,看起来……就很有大师的风范。

与朋友合照或自拍:当您需要和女朋友合照,或是自拍时,3秒嘛……真的太短了,除非您有飞毛腿,否则,还是将自拍的时间设定在10秒,然后

心里默数一下时间,顺便培养一下情绪,然后……就大功告成了。

提 示

摄影误区要注意:

(1)习惯使用UV滤镜。对于光学相机来说,UV镜是必备之一。但在数码相机上加用UV镜将得不到所期望的有利效果,而且光学性能不好的UV镜还会对成像产生负面影响。所以对数码相机来说,UV镜就不必要了。

(2)不爱使用三脚架。要拍摄清晰的图像,拍照时就必须绝对握稳照相机,即使最轻微的抖动也会造成图像的模糊,这种结果常令我们束手无策,而且无法通过后期制作来消除这种现象。

这种现象在普通胶卷相机和数码机上都会存在,但由于数码相机的光灵敏度低,并需要一系列的电路处理、存在快门延时的毛病,比用快速胶卷的胶卷相机需要更长的曝光时间,在光线较弱时更是如此。为了稳住相机,我们可以在拍摄时尽量持稳相机,并轻轻地按下快门。但最好的办法还是将相机装在三脚架上,特别是在拍摄特写或微距摄影时,使用三脚架会得到更好的拍摄效果。

(3)漠视后期处理。用数码相机拍摄的数字图像,只有极少数看上去是完美的,事实上,用普通的胶卷相机拍摄也是如此。当然,数字图像的优势就在于可以进行后期加工,但有人会认为这已失去"保真"的真实含义了。其实它仍是在摄影创作的基础上,经创意构思,运用各种数码技术手段,将摄影素材优化或组合,从而化平淡为神奇的重新创作的艺术作品。

只要适当利用图像编辑工具,诸如PHOTOSHOP等,你就可以让那些并不出众的照片变得颇具水准。你可以使曝光不足的图像加亮、校正色彩均衡,剪裁掉分散注意力的背景,覆盖住一些小的缺陷(比如反射光造成的热点),甚至将几张照片或图像进行合成(见图)。能够进行照片编辑是用数码相机拍摄的主要优点之一。

(4)不喜欢用闪光灯。数码相机比起传统感光材料,尤其是新的染料型感光材料,数码相机在曝光宽容度指标上并无优势,所以拍摄时的

准确曝光仍是数码相机获得良好影像质量的基本原则。实际上,数码相机对光线的要求更高,在室内拍摄尤为重要。因此摄影者在室内拍摄时若没有另外的照明时,应尽量使用闪光灯。

·教你一招·

如何翻拍照片效果更好?

1. 光源色温最好是接近日光灯的柔和平均的光线,以求与原片最接近的颜色。

2. 不要用闪光灯,因为会反光。

3. 用三脚架,保证清晰度。

4. 尽量使照片充满取景器,不要让周围物体影响测光。

5. 使用平均测光。

6. 尽量使用镜头的长焦段拍摄(>50mm 段),以减少桶型畸变。

7. 镜头对准在照片中心,避免矩形畸变。

数码的黑白摄影

尽管目前绝大多数的数码相机拍摄的都是彩色照片,但新近推出的数码单反机都有多次曝光或黑白摄影模式,用数码相机拍摄黑白照片要注意:

1. 要有黑白摄影的眼光。黑白摄影与彩色摄影有着不同的特点,在取景构思以及素材选择处理中,摄影者有要驾驭黑白摄影艺术的能力。因为数码相机的"感光"特别对反差和光比要求较高,处理环节更严谨和细致,需要摄影者具有提炼黑白的眼光,能够将彩色画面抽象为黑白照片。

2. 用好电子暗房的优势。在传统摄影中,摄影者如要掌握暗房技术,需要相当长的实践过程和昂贵的学习成本,而电子暗房不但在处理黑白效果时具有巧夺天工的能力, 而且几乎没有成本。因此只要认真钻研 photoshop 等图像处理软件,就能得到很理想的黑白效果。而且照片所体现的精度和对反差的控制调节等过程均有数据可供记录比较,能以科学参数予以量化。这就大大方便了重复处理或作必要修正,也就是说,电子暗房将传统的感性的暗房处理技巧向理性的科学化和艺术化转移,提高了档次。

3. 曝光要准确。一幅曝光准确层次丰富的彩色照片,如果"去色"转换为数码照片,层次应该很丰富。由于图像处理软件能对数码照片反差影调等作极其精细微妙的全部或局部调整, 所以也需摄影者对照片黑、白、灰过渡等有自己正确的理解和敏锐的评判。两者的区别只不过一个是在自然光下鉴别屏幕上的影调,一个是在红色暗房灯下鉴别照相纸上

的影调而已。

4. 寻找合适的表现题材。在传统黑白摄影中,黑白胶片主要适合的表现对象大致有这几类:剪影效果、线条效果、丰富的层次和反差等。因为黑白摄影要将生活或自然界中所有的颜色都去除色别,抽象为黑白灰三种影调。所以遵循黑白摄影的拍摄要求会为后期处理带了更多便利和更好效果。剪影本身无需体现颜色特点,只需主体轮廓鲜明,背景简洁;线条感强的对象,抽象为单纯影调也不致影响主题表达;较丰富的层次则适合黑白灰阶调的展现与变化。

雨　中

雨中拍摄要注意用雨伞或者用塑料袋包好你的相机,并为镜头留个洞,防止雨水损害你的器材。要经常擦拭落在镜头或者滤光镜上的雨珠。

用 1/125 或者更高的快门速度,可以拍出空中的雨滴;1/60 秒时雨滴会出现拉长现象并且在你降低快门速度时表现更明显。在暗淡背景的衬托下最能突出雨滴。假如没有这种背景,可以在画面中出现与雨水有关的物体,例如,雨伞或者雨水落在地面溅起的水花。

如果你拍摄城市风景时正逢下雨,你应该走出去,白花花的街道会为你的照片添色许多。

雪　花

晴天的清晨或者黄昏时,低角度的阳光使得雪地比其他时间显现出更多的细节和质感。要避免阳光从你身后直射时拍摄,也要避免阳光在你身前时拍摄,因为从雪地直接反射进你镜头的光线通常会带给照片白茫茫一片的效果。

如果要拍摄运动如滑雪者或是溜冰的人,除了注意光线和角度,还要了解如何凝固运动或者抓拍。

雪中拍摄要注意寻找那些具有说服力的细节,如:人在说话时哈出的大团热气,胡子上的冰,蜷缩在羽毛中的小鸟,从厚厚的羽绒大衣里露出眼睛的孩子,等等。

在寒冷的条件下拍摄,要注意保持相机电池有效工作的温度。可以把相机放在自己的棉衣里,拍摄时再拿出来。

使用闪光灯拍摄落雪时要加倍小心。闪光只会照射最近的雪花而不照亮其余部分。

雾　霾

雾中拍摄要注意保护相机,如果雾气太浓的话,应用干净的塑料袋简单地包裹好你的相机。留意凝结在镜头上的雾气。

雾中弥漫的光线对于某些情绪类型的照片非常理想。悬挂在雾气中的轮船,漂浮在百合池塘上的雾霾:水汽可以产生一幅非常令人共鸣的画面。像雪地一样,雾气会欺骗你的测光表和闪光灯,为了确保正确曝光,要从拍摄主体上获取曝光读数。在浓雾环境下,你的闪光灯光可能被水体颗粒反射掉而且无法到达你的主体,就像汽车大灯有时只会照亮雾气而无法照明道路时的情况一样,这也是拍摄者要注意的。

风　暴

风暴中的天空似乎充满戏剧性,他们呈现出你无法从其他场景中得到的感觉。如果你拍摄穿透云层的几缕阳光,留心不要从光柱处获取测光表读数,因为你想让它明亮。这一点同样适用于撞击礁石时迸发的白色浪花泡沫。记住,如果天空太阴暗的话,测光表会过曝。

▶ **教你一招** ◀

朝霞与晚霞是最美的一种自然景象,要想拍出好照片,需注意以下几个问题:

拍摄朝霞:晴天的早晨是拍朝霞的最好时机,太阳刚从地平线升起时,由红变白时为最好,拍摄的时间过早,天空不太明亮,朝霞不够鲜明突出;拍摄时间过晚,太阳光强度过强,直射的太阳光射入镜头,容易产生光晕现象,云霞也不能得到充分的表现。

拍摄晚霞:应在日落时分进行。太阳西沉的速度一般比较慢,拍摄时可以有充分的时间去进行选景和构图。

拍摄朝霞和晚霞，一般是以天空亮度适中的部位作为曝光的依据，使前景曝光不足，而画面上呈剪影状态；当然有时也可以使前景有一定的影纹层次，这时的曝光则不能以天空亮度适中的部位为曝光的依据，而应以前景的平均亮度值的曝光为准，并使云霞的曝光稍微过度一些，因为朝霞和晚霞的层次非常丰富，即使稍微曝光过度，仍然出现很好的影调效果。

取景时，应选择赋有表现力的景物和云霞组成完美而丰富的画面，应在众多繁杂的景物中，选择和提炼出与朝霞或晚霞相吻合的景物和线条、影调、色彩、层次等，以使画面更具诗情画意，更能给观众以美的艺术享受。

如何用数码相机拍夜景

拍摄夜景时，需要长时间的曝光，又很怕按快门时，相机会轻微地晃动，以至于影响了成像的品质。由于许多数字相机都没有快门线的设计，因此，您可以利用"脚架+自拍"的方式，来完成您的大作。 事实上，所有的"自拍"应用，最好都可以配合相机脚架。

注意事项：

1. 相机的握持姿势要正确。因为数码相机从按下快门到实际完成需要 2、3 秒的时间，比传统相机时间要长，需注意以灵活、不晃动为前提。

2. 按快门应考虑快门的延迟时间，并且掌握好快门的释放时机；这样才能捕捉到生动的画面。

3. 保证充足的存储空间，应购买大容量的存储卡，并备足电池。杜绝滥用闪光灯和长时间对焦，少用液晶屏，多用观景窗。

提示

几种不良习惯：

便捷、多功能的数码相机给人们带来有利条件，但也易让使用者产生不良习惯，值得注意。

1. 过度拍摄。或是购进数码相机的兴奋，或是认为数码相机拍过后还可删除，不浪费胶片，有的人使用相机没有节制。其实，数码相机的电子快门也是有寿命的，你的每一次曝光都是在消费，都是在耗费快门的寿命，进而影响数码相机的寿命。

2. 构图随意。有人持数码相机拍照时不像使用传统相机时认真，他们选景构图十分随便。这也是数码相机可随意把构图不妥的画面删除后得重新拍摄所养成的毛病。实际上有些精彩瞬间不会反复出现，不认真

构图会错过好多精彩的场景。

3. 聚焦马虎。数码相机的便捷和有的人在聚焦时马虎,感到差不多就按下快门,结果本来很精彩的瞬间,拍出的照片却不清晰,甚至模糊,既浪费时间又浪费精力,更浪费钱财,得不偿失。

第四节　数码相片

数码相机照片拍得再好,也会有缺陷。如果不把数码相机拍的照片下载到电脑里进行进一步的处理,数码相机的优点就不能完全体现出来。

一、图像下载

将数码相机所拍摄的图像存储到计算机中以便进行处理,这一过程我们称之为下载。现在一般的下载方式是首先在计算机上安装数码相机的驱动程序,再通过计算机主机上的USB接口用连接线将数码相机与计算机连结起来。

USB接口是现在最常用的接口了,其特点是即插即用,支持热插拔(即不需关闭再重新启动计算机即可使用所连接的设备),现在一般的计算机在机箱的前后都带有这种接口。USB接口的理论传输速率达到12MB/秒,而目前采用这种连接方式的数码相机实际的传输速率在4MB/秒左右,已经可以满足需要了。

 提示

现在USB接口并不完全一样,不同厂家提供的USB接口可能不一样,所以原装的USB接口连接线一定要保管好,避免麻烦。

相机与计算机连接好之后,一般就可以用随机都带有的下载图像用的软件进行下载了。各种相机的使用一般都有详细的说明,依照说明做起来很简单,有的可以完全自动下载。

另外,现在许多厂商提供可直接读取数码相机存储卡的适配器——阅读器,这样就不再需要将数码相机与计算机连接起来。常见的阅读器有软盘适配器、并行口阅读器、USB接口阅读器等。熟悉计算机的朋友,用起这些肯定会得心应手。

提 示

　　一个卡适配器或一个卡阅读器除了可以用它传输图像文件外,还可以用它在PC之间传输普通的数据文件。

·教你一招·

数码照片的文件格式

　　数码相机现在虽算不上百分之百的普及,但其已经成为了摄影创作中的主要"武器"。用数码相机拍照,得到的图像是一种电子文件,而电子图像文件由于其开发者和用途的不同,存在着许多不同的文件格式。要掌握数码摄影技术,数码照片的文件格式是必须了解的基础知识之一,然而还有很多影友对其并不是很了解。下面,我们就针对其用途和特点,简要介绍一下目前常用的数码相机的文件格式。

　　JPEG 格式:JPEG 图像格式是数码相机应用最多的图像存储格式,它是按 Jointphoto Graphic Experts Group 制定的压缩标准产生的压缩格式,属 J-PEG File Inter-Change Format,可以用不同的压缩比例对这种文件压缩,其压缩技术十分先进,对图像质量影响不大,因此可以用最少的磁盘空间得到较好的图像质量。由于它优异的性能,所以应用非常广泛,在互联网上,它更是主流的图形格式。

　　JPEG 格式可支持多达 16M 颜色, 因此它非常适用于摄影图像以及在 24bit 颜色显示模式下工作的浏览器。JPEG 还具有调节图像质量的模式,允许你选择高质量、几乎无损的压缩(文件尺寸相应较大)或低质量、丢失图像信息的损压缩 (但是图像文件规模小得多)。例如, 我们利用 JPEG 最高的压缩比可以把 10MB 的 TIFF 图像压缩至 200K。

　　通常数字影像文件的压缩分为有损压缩和无损压缩两类, 而 JPEG 属于有损压缩,压缩比在 2:1 至 40:1 之间。数码相机选用的压缩比往往在 4:1 至 16:1 之间。压缩比越大,可将指定影像文件压缩得越小,但图像中的细节也就会丢失得越多,在用数码相机拍摄时,选择压缩比有时令人颇为为难,一般把握的原则是:如果景物的色彩非常丰富、明暗过渡阶调多,宜选择低压缩比。用高分辨率拍摄时,可选择较高的压缩比。

　　GIF 格式:GIF 表示图像交换格式(Graphics Interchange Format),它是一种 256 色的图像格式,最初开发并用于 Compuserve 信息网络。该格式的开发目的旨在向 Compuserve 的订阅者提供一种通用图形格式,这样就可以不必考虑用户使用的平台为 Macintosh、PC 或 Amiga, 自由地交换图像。GIF 很快就成为 Web 上广泛使用的图形格式,许多具备图形

功能的测览器都支持这一格式。

该图形格式目前被广泛地应用,原因主要是 256 种颜色已经较能满足页面图形需要,而且文件较小,适合网络环境传输和使用。而且在浏览器,GIF 图像是以渐渐清晰的效果显示的,所以它们能交错关联地使用,可以产生动态的效果。由于 GIF 文件格式是 Web 页上使用最普通的图形文件格式,因此有极少数低像素的数码相机拍摄的影像文件可以该模式存储。

二、图像处理

数码照片的一大优势,就是可以方便地进行后期处理。这种处理需要借助专门的软件来进行。

常用的图像处理软件有Photoshop和ACDSee等许多专门的处理软件,有的品牌的数码相机还附赠有不同的图像处理软件。

Photoshop为最常用的图像处理软件,其功能十分强大,但作为专业的图像处理软件,使用比较复杂,要熟练掌握和运用需要专门学习操作,限于篇幅,本书就不再介绍了,有兴趣的朋友可以找一些书来专门学习。

ACDSee原来是一个看图软件,但现在新的版本已经增加了许多图像处理功能,这些功能比起Photoshop虽然简单些,但仍然十分强大,且易学易用,为初学者首选。

ACDSee的试用版本可以到华军软件园(www.onlinedown.net)等网站下载。

三、图片创意

数码相片的二次加工是数码摄影的真正乐趣所在。数字摄影技术与胶卷摄影技术不同,利用数字摄影技术可以改变图像并提供利用图像的新方法。数字摄影作品可以进行变形、拼合、加阴影、加光、拼贴以及其他操作。尽量利用这些可能的功能。这正是数码相机的妙处。

当用数码相机拍照时,就要充分考虑达到想要创造的效果。例如,如果想要创作一幅突出的但是简单的照片,此时对所拍照片的各个方面的注意力是最重要的。但是,如果打算创作一幅有趣的照片拼图或是要剪裁主题,那么就应该使取景框中充满所要拍摄的图像,而不管照片本身看起来是如何的糟。如果要创造一幅具有版画意味的艺术图像,这就需要最大化照片以便从中抽取线条图。这可能意味着要利用背景和不同的光照。事实是数码相机与图像处理相结合打开了如此之多有趣的可能性,应该学习如何在要拍摄的照片与最后要达到的结果间创造最佳的协同效果。附图是在家中拍摄的

人像和在户外拍摄的风景剪裁合成后的数码效果照片。

四、照片输出

现在,稍微大一点的城市都有数码照片的冲洗店,你可以直接带着相机去冲洗,也可以把在计算机中加工过的照片文件拷贝到软盘、U盘或各类存储卡中,再去冲洗。

你如果有一台分辨率相当高的彩色打印机,也可以自己完成数码照片的输入。

•教你一招•

修饰数码照片

首先对每一幅图像进行检查:是不是太大了、太黑了、太亮了还是太模糊了?当挑出毛病之后,再用图像处理软件进行系统的修饰,以便提高照片的质量。可进行多种试验,直到得到满意的图像,然后将其保存下来。

在修饰中,每次只进行一些小的逐渐的改变(增加或是减少),先预览效果,慢慢地达到最好的设置后,再确定保存。这可是修饰图片中的一个有用的小窍门哦。

照片打印技巧

关于数码相机的使用技巧先谈这些,接下来谈谈打印照片的问题。数码相机最终要依靠打印机来完成全过程,目前就照片打印机而言,能用上热升华的可能极少数,彩喷占绝大多数,就照片打印质量而言,应选择适合提高照片质量的打印机,这方面,Epson 的 Photo 系列素有口碑,打印纸首选适合提高照片质量光泽纸和照片纸,打印质量与普通喷墨纸简直就是天壤之别。还有,1440dpi 和 720dpi 分辨率的打印质量肉眼还是能轻易分辨出来的,如果注重质量的话还是应该选用 1440dpi 打印,虽然所付的代价就是更长的打印时间和更多的耗墨量。如果要打印出一张完美的照片,可以将喷墨打印的照片进行冷裱,冷裱膜选用中间偏细的型号,最终做出来的作品与同尺寸彩色照片已难分伯仲了。

?释疑篇

1. 数码相机如何保养?
首先,要注意数码相机的存放。

保存相机要远离灰尘和潮湿,在保存前,要先取出电池。如果数码相机长期不用时,应取出电池,卸掉皮套,存放在有干燥剂的盒子里。有条件的情况下,应该放在能够控制温度、湿度的封闭空间。相机是精密的机器,放在平常的衣橱、柜子容易受到湿气的影响,虽然不致立刻损坏,长期下来也不是好事。能够保存在防潮箱中最好。同时,存放前应先把皮套、机身和镜头上的指纹、灰尘擦拭干净。

其次,在使用时要注意防烟避尘。

数码相机应在清洁的环境中使用和保存,这样可以减少因外界的灰尘、污物和油烟等污染可导致相机产生故障。因为污染物落到相机的镜头上会弄脏镜头,影响拍摄的清晰度,甚至还会增加相机的调整开关与旋钮的惰性。在户外空旷地区,拍摄时风沙会比较大,可能会有忽然到来的狂风,由于风沙容易刮伤相机的镜头或渗入对焦环等机械装置中造成损伤,因此除了正在拍摄外应随时用护盖将镜头盖住,风沙大的地区最好记得将相机的护套带上。

第三,数码相机要注意预防高温。

相机不能直接暴露于高温环境下,不要将相机遗忘在被太阳晒得炙热的汽车里。如果相机不得不晒在太阳下,要用一块有色而且避沙的毛巾或裹有锡箔的遮挡工具来避光,不要用黑色工具,因为黑色只会吸光,会使情况变得更糟。在室内时,不要把相机放在高温、潮湿的地方。

第四,预防寒冷对数码相机使用也很重要。

通过将相机藏于口袋的方法,可以让相机保持适宜温度,而且要携带额外的电池,因为相机在低温下可能会停止工作,这就好像在寒冷天气下要给汽车预热一样。将相机从寒冷区带入温暖区时,往往会有结露现象发生,因而需用报纸或塑料袋将相机包好,直至相机温度升至室内温度时再使用。除了结露现象,将相机从低温处带到高温处还会使相机出现一些压缩现象,肉眼不易看出,所以要注意不要使相机的温度在骤然间变化。

第五,防水防潮是最不能忽视的。

但在实际使用过程中,我们不排除有突发原因或者其他方面的因素,必须在潮湿环境下工作,这时我们一定要采取严格的防护措施,确保在这种恶劣的环境下相机不受伤害或者少受影响。您可以随身带一个塑料拉锁链袋子,在非常潮湿或尘土大的气候里,我们可以在侧面挖一个小洞刚好放得下相机镜头,然后把相机放在袋子里,不让雾气、湿气和尘土进入相机,会延长它的使用寿命。如果不小心喷到水、淋到咖啡和饮料时,这时您要赶快将电源关掉,然后擦拭机身上的水渍,再用橡皮吹球将各部位的细缝喷一次,最后,风干几个小时后,再测试相机是否没有故障。注意:千

万不要马上急着开机测试,否则可能造成相机电路上的短路。

2.有哪些打印机适合数码照片输出?

目前常用的数字相片输出设备有彩色喷墨打印机、彩色激光打印机及一些专用的相片打印机。前两种打印机同时也能打印其他文稿。

现在的许多厂家,例如惠普公司、爱普生公司、奥林巴斯公司和卡西欧公司等,都在生产、销售专门打印数字图像的彩色打印机。

(1)彩色喷墨打印机 对彩色喷墨打印机而言,分辨率更为重要,分辨率越高越好,但是墨点的融合与纸张种类也会影响图像质量。打印时你可以使用普通纸、专用纸、照片质量专用纸等。使用的纸张越好,打印每页纸的成本也就越高。另外,喷墨打印机使用高质量纸张时墨水用量也大,墨水成本也随之上升。目前彩色喷墨打印机的分辨率已达到1440dpi。彩色喷墨打印机的价格差距很大,中档的一般在2000～3000元,但购买时一定要考虑其耗材(墨盒)的价格。另外,对于喷墨打印机来说,打印速度也是一个十分重要的指标。如果你使用高质量打印设备,打印一份彩色图像可能需要几分钟时间。另外,有的打印机打印没有完成之前是不能再做其他操作的。

(2)彩色激光打印机 彩色激光打印机可以打印出接近照片质量的图像和精美的文件,打印速度也比喷墨打印机要快,也不需要使用专用纸张,但这种打印机的价格往往是彩色喷墨打印机的几倍,多作办公用途,而不适合大多数家庭用户。

(3)染色升华打印机 目前许多数码相机生产厂商都提供了专门的相片打印机。这类打印机大都采用染色升华打印(热升华)技术,能够生成更平滑的线条和更柔和的边界。由于色彩组合得非常好,这些打印机特别擅长表现皮肤色调,其图像质量很高,完全可以和传统的卤化银胶片相媲美,而且打印出的相片无需过塑就可保存很久。但热升华打印机并不很适合打印文本文档,因为它难以打印出字母的清晰边界。

有少数染色升华打印机可以直接从PC卡、SmartMedia卡或Compact-Flash卡上进行打印,你只要把存储卡从相机里取下放到打印机里便可以打印输出图像了;有的还可以捕捉电视、摄像机的视频图像,并打印出来。

教你一招

数码拍摄小经验

1. 图像大暗:①闪光灯被手指挡住了。应正确握住照相机,不要让手指挡住闪光灯;②在闪光灯充满电之前按了快门释放键。应等到橙色指示灯停止闪烁。③未使用闪光灯。应按闪光灯辅助杆设定闪光灯。4.拍照物太

小而且逆光。应将闪光灯设定于辅助闪光模式或者使用定点测光模式。

2. 室内拍照的图像色彩不自然：原因是灯光装置影响图像色彩。此时应将闪光模式设定辅助闪光模式。

3. 图像太亮：①闪光灯设定于辅助闪光模式。应将闪光模式设定为辅助闪光以外的模式。②拍照物极亮。应调整曝光时间。

4. 图像轮廓模糊：原因是镜头被手指头或背带挡掉一部分。

5. 闪光灯不发光：①未设定闪光灯。应按闪光灯弹起杆，设定闪光灯。②闪光灯正在充电。应等到橙色指示灯停止闪烁。③拍照物明亮。应使用辅助闪光模式。④在已设定闪光灯的情况下，指示灯在控制面板点亮时，闪光灯工作异常。

6. 相机不动作：①电源未打开。应按电源键接通电源。②电池极性装错。应重新正确安装电池。③电池耗尽。应更换新电池。④电池暂时失效。使用前，应检查电池；在拍照间隙，暂时不使用电池。⑤卡盖被找开。应关闭卡盖。

7. 相机自动关闭：①如果数码相机突然自动关闭，首先应该想到是电池电力不足。②更换电池以后，如果数码相机仍无法开启，且发现相机比较热，那是因为连续使用相机时间过长，造成相机过热自动关闭。应停止使用，等冷却后再使用。

8. 按快门释放键时不能拍照：①刚拍照的照片正在被写入存储卡。此时放开快门释放键，等到绿色指示灯停止闪烁，并且液晶显示屏显示消失。②储存卡已满。更换储存卡，或删除不要的图像。③正在拍照或储存时电池耗尽。应更换新电池并重新拍照。④拍照物不处于照相机的有效工作范围或者自动聚焦以锁定。应参照标准模式和近拍模式的有效工作范围，或加入自动聚焦部分。

9. 相机无法识别存储卡：①存储卡芯片损坏，应更换存储卡。②存储卡内的影像文件被破坏。造成这种现象的原因是，在拍摄过程中存储卡被取出，或者由于电力严重不足而造成数码相机突然关闭。如果重新插入存储卡或者重新接上电力，问题仍然存在，就需格式化存储卡。

10. 刚拍摄的相片不能在液晶显示屏上呈现：电源关闭或记录模式开启。应将记录/播放开关设定于播放位置，并接通电源。

立即行动——成为高手的唯一通道

一位伟人说过："读书是学习，使用也是学习，而且是更重要的学习。"数码摄影也不例外。所以，新手要尽可能在不同的光线条件下多拍一些照片。拍摄时，注意记录拍摄时所用的相机设置和光线条件，然后研究结果，看看哪种条件下哪种设置最佳。专业摄影师在拍照时对同一图

像总要拍摄好几次,每次改变一下拍摄角度或曝光时间等设置,我们也应该这么做,不断地学习—实践—再学习—再实践。大多数的数码相机都有显示屏,你可以利用它轻松地观察并删除你不喜欢的图像,所以不必担心会因"滥拍"而造成存储量不足,尽管放心地去拍摄多种曝光的图像吧,这样,最终至少会有一张好照片。

好了,立即行动起来吧,只要不断学习与实践,日积月累,你就会在摄影时得心应手,成为一名不错的摄影高手。